だんだんもっと、甘くなる

雪代鞠絵

幻冬舎ルチル文庫

CONTENTS ✦目次✦

✦カバーデザイン＝コガモデザイン
✦ブックデザイン＝まるか工房

イラスト・サマミヤアカザ✦

だんだんもっと、甘くなる

【1話　フルーツパフェは少し寂しい　～秋の始まり】

清名《せいな》とのセックスで、恵《めぐむ》はたいてい二回、射精させられる。

指と唇で体中をさんざん可愛《かわい》がられる前戯を受けて一回、そして二回目は挿入を受けながら、性器にも愛撫《あいぶ》を受けて。もちろん恵の体調や一緒にいられる時間の関係で一回だったり三回にもなったりするけれど、たいていは二回だ。

だから今夜、彼に連れられたいつものホテルのベッドの上、一回目の射精に導かれた後、恵は清名にこう言ってみた。

「清名さん、今日、後ろから入れてみてほしい」

初めてのセックスの相手に自分から体位の要望を伝えるのは何だか恥ずかしい。初体験のときの恵ときたら、不慣れのあまり狼狽《ろうばい》してばかりでまったく色っぽいものではなかったと思う。そんな姿を知られているのに、積極的に挿入の仕方にまで口を出すなんて、ずいぶん欲張りになったと思われてしまいそうだ。「またこの子は妙なことを言い出したぞ」と清名はその端整な顔に苦笑を浮かべているから猶更《なおさら》だった。

「いつもの体位は気に入らない？　君はまだ初心者だから、正常位の方が楽だと思うけど」

「いつものも好きだけど、後ろからだと角度が変わってイけるようになるかもって。人によって一番気持ちいい角度があるんだって。体位はいろいろと試してみるべきだって」

「間違いではないけど、誰が言ったの、そんなこと」

「柴《しば》」

大学の悪友の名前を告げると清名はまた苦笑いをする。

「悪い友達だな、君にそんなことを教えて」

いつもの子供扱いが始まった。二十歳という年齢は十分に大人だと思うけれど、九歳年上の清名との歳《とし》の差は決して埋まらない。けれどこんなことを提案するのは、彼のためだと知っているはずだ。

「もしかしたら本当にそれでイけるようになるかも」

「そういったことは都市伝説みたいなものだよって話をしなかったか？　男性でもそんなことが起こるって確かに俺も聞いたことはある。だけど、長い間の経験と素質が必要なんじゃないかな」

「でも！　協力するって清名さんも言ったじゃん。俺はちゃんとお尻《しり》だけでイけるようになりたい。清名さんのためなんだよ？」

この体位はまだ駄目だと言われるのだろうか？　恵は慌ててベッドの上に横たわる清名の腹の上に乗りあげた。

絶対譲らないからと頬《ほお》を膨らませ、必死で主張すると、清名は大きな手のひらで優しく恵の腰のあたりを撫《な》で、困ったような微笑を浮かべている。ベッドの中で前髪が額《ひたい》に落ちているので、親しみやすさが増して見える。

艶《つや》のある黒い髪に、同じ深い色の瞳《ひとみ》が映える知的な顔立ち。長身な上、頭が小さく手足が長いいわゆるモデル体型で、質のいいスーツをすらりと着こなす。完璧《かんぺき》な大人《おとな》の男の余裕で恵をいつもからかい、甘やかしてくれる。

社会人として「所属」するのは国内最大手のカフェチェーン本社となれば、梅雨《つゆ》の始めのあの日、空に近い場所で初めて彼と話したとき、これがまさに少女漫画の「スパダリ」かとぼんやり思った。まさかその人に恋をして、セックスをする関係になるなんて夢にも思わなかったけれど。

「分かった。じゃあお望みの通りの姿勢を取ってもらおうかな。後悔しなきゃいいけどね」

肩を軽く押され、そのまま ころんと転がされる。シーツの上に腹這《はらば》いになったら、腰を左右から摑《つか》まれて引き上げられて尻を高々と掲げられた。まるで自分からお尻を打つお仕置きをねだっているみたいな格好だと思う。この格好で、真後ろから清名に挿入してもらう。

一瞬、こんな破廉恥《はれんち》な提案をしたことを後悔したが、目の前の羽根枕にしがみつくことで何とか堪《こら》えた。

今日こそ行くべきところに行くのだ。これは愛の闘いなのだ。

ビニールを裂く音がしたから、恵は察して、枕に頬を埋《うず》めたまま清名にせがんだ。

「それ、いらない」

「それは駄目」

「……どうして？」

「君はあんまりにも可愛いから。直接するのは何となく罪悪感がある」

「何それ……っ、ん………！」

そっと双丘に触れ、左右に割りさかれた。現れた小さな窄《すぼ》まりを、清名が検分しているのを感じる。そこは、さっきさんざん清名からの愛撫を受けて、すっかり潤い蕩《とろ》けている。性器にフェラチオを受けながら足を大きく開かされて、指が二本受け入れられるようになるまで丹念に解《ほぐ》されている。

「緊張してるね、体に力が入ってる。息を吐いて」

「ん………」

清名が自分の先端を、恵の蕩けた窄まりに擦《こす》り付けた。会陰《えいん》を縦にくすぐり、窄まりを軽く抉《えぐ》っては、くちゅくちゅと水音をさせる。

「音、やだ……っ　ああああぁ…………っ！」

焦点を定めた彼の欲望が、恵の窄まりにきつく押し付けられたかと思うと、圧倒的な力をもって侵入した。生理的な機能とは逆の方向に圧迫され、息が詰まる。

ぎゅうううっと背中がしなり、全身から汗がふき出すのを感じる。指でどれだけ解してもらっても、挿入の瞬間はやはり少しつらい。

「ん、んんん、ん……っ」

眉根《まゆね》を寄せ、息を詰めている恵を宥《なだ》めるように、首筋や耳に優しいキスをくれる。唇で甘やかしながら浅い場所をゆっくりと拡げ、前後される。甘く痺《しび》れる感覚が内腿《うちもも》に広がって、恵は枕にいっそうきつくしがみ付く。

清名は恵の首筋に唇を寄せ、キスをして尋ねた。

「恵？　どんな感じ？」

「ん、ん、わか、んなっ、い」

涙目で肩越しに清名を見上げた。もう一度、少し深く突き込まれて返事を促された。

「あっ！」

「恵？」

「んっ、なんか、お腹《なか》の天井に、あたっ、てる」

「天井ねえ」

拙《つたな》い表現を清名はおかしそうに繰り返す。背後から指を絡めるように手の甲を覆《おお》われて、リズミカルに突き上げられる。恵が大好きな、彼の輪郭がはっきりとわかる、ゆっくりとした律動で、腹の奥がぞくぞくと疼く。

「あ……あっん、……あ、ン、あぁ……っ」

「……可愛いな、恵」

清名の声がすごく甘い。頭の中も蕩けてしまいそう――けれど恵ははっと息を呑《の》んだ。

「せっ、せい、なさんっ」

手を背後に伸ばし、ばたばたと動かす。いつも真上から降りて来る彼の声が、今日は背後から聞こえて、そうしたら彼の視界も想像出来て、とんでもないことに気付いてしまった。

「ねえ、こっれ、もしかして、ん！　入ってるとこっ、ろっ、……清名さんから、めっちゃ、……見えてるんじゃないの」

「うん？」

くすっと清名が笑う。

「恵がすごく柔らかくなってるから、引き出したときに内側の粘膜が俺に吸いついて、まくれ上がってるのが見えるかな」

「やっ」

思わず悲鳴が漏れたのは、腰を掴んでいた手が少しずれて双丘にかけられ、そこを左右に押し開いたからだ。恥ずかしがっていると分かっているくせに、わざとそんなことをして、ピンク色ですごくきれいだ、と耳元で感想を告げられる。恵は心底狼狽した。

「や！　やっぱりこれ、この体位、やめるっ」

「どうして？　可愛いよ。ほら」

「あっ‼」

ずん、と突き込まれ、腹の奥に衝撃があって息を詰める。そしてゆっくりと引き出していく。中にいて欲しいとねだるみたいに清名に絡み付くそこを、注視する彼の視線を熱く感じた。

「恵はこんなところまで、全部可愛い」

「やだっ、もお見ないで、やだぁ……」

片手を伸ばして、結合部を隠そうとしたが、その手首を取られてキスを受ける。

「んんっ」

「後悔しても知らないよって最初に言ったはずだよ。お尻でもっと気持ち良くなって、イけるようになるんだろ?」

「あっ、あ、あん……」

また浅い場所を前後され、焦《じ》らされる。思わず腰を振ってもっと奥に誘い込もうとすると、また意地悪く退かれてしまう。意地悪をされて、焦らされて、恵は清名が思うままに乱されていく。

「ん、んっ、気持ちいい、から……、清名さん、おしり、きもちい……っ」

大好きな人の熱は思考も体も、全部気持ち良くしてくれる。このまま快感に浸り切ってしまったら、もしかしたら恵が行きたい場所に行けるのかもしれないけど、でもやっぱり

——恵は涙目で訴えた。

「でも、やっぱりやだ……、清名さんの、顔を見ながらじゃないと、やだ……っ」

「……ほんとに君は」

「う、んっ！」

いったん彼が抜き放たれる。

仕方がない子だな、と彼は言って、恵の顎《あご》を取ると肩越しにキスをくれた。激しく口腔《こうこう》を貪《むさぼ》られる。舌が自分の舌に絡み付いて、甘嚙《あまが》みされ、下唇を吸われる。その柔らかさに陶然としているうちに、いつの間にか体位を変えられていた。

ぎゅうっとしがみつくと、それに応《こた》えるように彼がもう一度熱を与えてくれた。

「あ、あぁ………っ」

心も体も満たされる感覚に、熱い吐息が漏れた。

どちらにしろ恥ずかしいから、やっぱり彼の顔を見ていたい。大好きだよ、可愛いよ
――心を蕩かせる睦言《むつごと》を、真正面から伝えて欲しい。

「んっん」

律動が速くなった。内奥に灯《とも》った火がまた煽《あお》り立てられていく。

「んあっ、あ！　あん！　きもちい、せいなさ……っ、ん、おく、……きもち、い………っ」

激しく揺さぶられて、恵は切れ切れに甘い悲鳴を上げる。

いつもは余裕の、こちらを甘やかせてばかりいるこの人も、欲望が果てる間際ではさすが

に息を詰め、恵の体に取りすがるように強く抱きしめて来る。薄い胸に、腕に清名の頭を抱いて彼と身も心も一つになる。

「――――……！」

性器を細く熱い衝撃が貫いて、彼が焚《た》きつけた熱を放った。

お互いの荒い呼吸が室内に響き、高い湿度の中で二人はしばらく抱きしめ合っていた。

こんなに幸せなのに。一緒にいて、抱き合って、こんなにも満ち足りているのに、この人は、これをまやかしだと言う。愛なんて存在しないと、残酷で悲しい言葉を口にする。

それは間違っている。愛は存在すると恵は思っている。確信している。

それなのに、恵は彼よりずっと年下で、彼の考えを否定出来るだけの経験も、言葉も持たない。

二人の情熱が昇華したばかりのベッドの上で、先に態勢を調えたのはもちろん清名だ。体を起こし、傍《そば》のサイドテーブルの抽斗《ひきだし》からティッシュペーパーの小箱を取り出すと、互いの腹の間に飛び散った恵の精液を拭《ふ》き取ってくれる。今日も、セックスの間、彼の手のひらで慰撫を受けて弾《はじ》けた。

今日もそれが必要だった。ものすごく、残念なことに。

「気持ち良かった。でも、後ろだけだったら駄目だった……」

「俺は今夜も満足してるよ。慌ただしいのだけが申し訳ない」

額にキスしながら彼が時計を見たのが分かった。恵は察する。

セックスの後、時間があるときは恵を「お姫様抱っこ」してバスルームへ連れて行ってくれて、たっぷりと熱いお湯を張ったバスタブの中で泡を使い、人形にでもするみたいに細かな場所まですべて洗い清めてくれる。今日も、いつだってそうして欲しいけれど。

「この後、仕事……？」

「ごめん、秋のはじめのこの時期は毎年何だかんだで慌ただしいんだ。親父や兄貴たちの方との連携もあって」

恵ものろのろと体を起こした。乱れた髪を直す気持ちにもなれず、慣れた仕草でネクタイを締める彼の整った横顔を恨めしく見上げている。

「泊まって行っていいよ。お腹が減ったらルームサービスを。部屋の外で食べたいなら遅くまでやってるダイニングがある。部屋の番号で付けておいて」

「……置いて行ったら、キャビアとかめちゃくちゃ高いの頼んじゃうからね」

「パフェグラスに盛らせて山盛り食べていいよ。でも君には果物のパフェの方が似合ってるかな」

秋に旬を迎える色とりどりのフルーツを美しくカットして飾ったパフェは、このホテルの秋の名物なのだ。

帰って欲しくないという恵の脅しを軽々とかわして彼はあっという間に身支度を済ませた。

まるでセックスなんて存在しない世界の住人みたいに清潔な顔。完璧な社会人。セレブリティ。国内有数の企業グループ、その第三王子と呼ばれる人。

「本当にごめん。お詫《わ》びはまた後日に」

そう言って、まだ不貞腐《ふてくさ》れている恵の額にキスをし、彼は部屋を出て行ってしまった。一人になったこの部屋で美味《おい》しいフルーツパフェなんて食べたら、きっともっと寂しくなる。

彼の多忙は理解しているけれど。彼が、あんな風に簡単に切り替えられるのは、この恋は愛とは無関係なものだからだろうか？

愛なんて存在しない。

だからそれを失ったとしても、与えられなかったとしても、悲しいと思う必要もない。彼は今もそう思っている。

彼はとても穏やかで、大人で、いつだって恵を甘やかしてくれる。恵を好きだと、大切な恋人だと何度でも言ってくれる。でもそれは愛なのか分からない。いずれ愛に変わっていくのかどうか、それも分からないと彼は言うのだ。

恵が一番ショックを受けたのは、彼がそのことについて、少しも疑問を感じていないということだ。

だから夏の終わりのあの日、あの人に本当の愛を見せるのだと恵は決めた。

真実の愛によって起こる奇跡を見せてやるのだ。

その方法が、「お尻だけで絶頂《オーガズム》に達する」、ということだというのはどうにも間抜けな話だが、仕方がない。

何でも持っている彼に、恵が出来ることはとても少ない。

【 2話　はじまりは海辺のティラミス　～さかのぼって春の終わり 】

五月の末、窓の外は晴天だった。

東京には早い梅雨が確実に迫っていて、午後からまた雨になると聞いていたが、昼下がりのその時点では空は美しく晴れ上がって、佐野《さの》恵が住む街をずっと遠くまで見渡すことが出来た。

あっちがうちの大学かな。じゃああのビルの一階がバイト先のカフェで、それからあの辺がアパート。

いつもは徒歩で行く場所を、こんなに上から、それも借り物のスーツを着て見下ろしているなんて変な気分だ。都心にあるこの巨大な高層ビルは六一階建てのビジネスタワーとなっていて、四〇階から四三階が株式会社カフェ・ニナマリーの本社オフィスとなっている。

足元から天井までの大きな窓ガラスが一面に張られたこの部屋は重役や賓客が使用する休憩室なのだとさっきの女の人――社長のアシスタントと名乗っていた若い女性が教えてくれた。授賞式が始まる時間になったら呼びに来るからここでゆっくりしていてね、コーヒーメーカーがあるから好きに飲んで、もちろんうちのカフェの豆よ。困ったことがあったらそこに電話もあるからいつでもかけてね。

まるで社会見学の中学生に教える口調だった。年齢より下に見られる自覚はあるが、大学生になった今も子ども扱いだと思うと、ますます自信がなくなる。

「わあああ！　やっぱり無理だああ！」

恵は現在、大手チェーンであるカフェ・ニナマリーの店舗でアルバイトをしている。海外資本のカフェチェーンが席巻《せっけん》する中、後発である国内資本のこのチェーンはよく健闘している。大きな駅やショッピングモールにはたいてい店舗が入っている。

コーヒーがメインであるのは他のチェーンと同じだが、オーガニックの紅茶、ハーブティーや果物のスムージーなどにも力が入っていて、使用されるカップや皿は再利用可能な素材をいち早く取り入れていた。健康志向、サスティナブル、という要素を前面に打ち出す戦略で意識の高い層から人気を得たのだ。

何より、このチェーンはデザートが美味しい。ヨーロッパの伝統的な焼き菓子を先駆けて流行させることが得意だ。種類も豊富で、他のカフェなら飲み物だけで済ますところを、ちょっと一つお菓子をつまんでおきたいな、という気持ちにさせられる。だから、大学に入学してすぐにここでアルバイトが決まったとき、恵はとても嬉《うれ》しかった。恵は子供の頃から甘いお菓子に目がない。アルバイトももう二年目で、店舗内ではかなり頼られる存在になった。ちょっとしたトラブルにも対応出来る。

それで今、ここにいる羽目になったのだ。店長が困っていたから助けるつもりだった。それが二か月後、借り物のスーツを着て、本社オフィスが入ったこのビルに呼び出されて、作文コンクールの最優秀賞受賞者として授賞式に出ることになるなんて思わなかった。

気が弱い方では決してない。要領も物覚えもいい方だ。有能なベテランアルバイトとして店内では頼りにされている。でも、大勢の前に出されて、受賞の喜びのコメントなども求められたりするのだろう。どうしたって緊張する。恵はコーヒーメーカーに目をやった。

気持ちを落ち着かせるために一杯飲むべきだろうか。いや、その前に絶対に尋ねられるであろう受賞の言葉を考えるべきか――――ああもう、落ち着かない。

「もう――――！　店長め、絶対時給上げてもらうから！」

思い切り怒鳴って、そして気付いた。良く茂ったウンベラータの葉陰に隠れて見えていなかったが、休憩室の端にあるソファにスーツ姿の男性が座っている。コーヒーカップを片手に驚いた顔で恵を見ていた。

「すいません、騒いで。誰もいないと思ったから」

「こちらこそ。黙って観察して失礼した」

若い男性だ。それもとびきりの美形だった。もてあますように組まれた長い足に、長身であることが分かる。彼は立ち上がると、恵のすぐ脇《わき》をすらりと横切ってコーヒーメーカーでコーヒーを淹《い》れてくれた。器もプラスティックの使い捨てではなく、ちゃんとした陶器のコーヒーカップだ。

「何にせよ落ち着いた方がいいね。どうぞ」

「ありがとうございます。ええと……ここの会社の人ですか？」

「ああ、まあね。君は？　今日の授賞式の受賞者？　『コーヒーが寄り添う未来』がテーマの作文コンクールだったかな」

「ええと、はい。最優秀賞をもらったので……」

「それはすごい。志が高いんだね」

「全然違います！　もちろん、バイトはきちんとやってるけど、正直この作文は締め切りまであと二時間しかなくて、締め切りを忘れてた店長に頼み込まれて大急ぎで書いたんです。参加賞でここのお店の限定タンブラーがもらえるからって」

本社と各店舗の関係について、詳しいことはアルバイトの恵には分からないが、季節ごとのキャンペーンやイベントコンセプトなどは本社からの指示や助言がある。客に向けたものばかりでなく、社員やアルバイトのスタッフたちに向けてのイベントも企画されて、今回の作文コンクールもその一つだ。アルバイトに向けて募集がかかったのは二か月前。テーマは『ニナマリーのコーヒーが寄り添う未来』だ。

受賞者は本社に呼ばれ、大会議室で行われる授賞式では社長じきじきに賞状と賞品を手渡される栄誉に与《あずか》る。その様子は社報や業界紙、地方紙、それらの動画配信サイトでも報じられるという。

「まさか受賞するなんて思わなかったんです。店長も俺も、正直賞に出したことも忘れてて。

それで、今月の初めには受賞のメールが来てたのに店長が気付いたのが今朝で、鬼電かかってきて午前中はスーツとか靴とかサイズ合うのを探して借りるのに必死でてんてこ舞いで、とにかくここに来るのだけで精一杯だったんです」

「そりゃあ大変だったね」

必死で今朝の状況を説明する恵を彼は微笑して見ている。その眼差《まなざ》しが穏やかで、少しだけ気持ちが落ち着いた。

きれいな人だな、と思った。こんなに男らしい、姿の格好いい人にきれいだなんて形容詞はおかしいのかもしれないが、容姿も雰囲気も正しくてきれいだと思ったのだ。

「恰好《かっこう》は何とかしたけど、受賞者ってコメントとか求められるんですか？　どう振る舞えばいいかとか全然分からなくて。店長も仕事があるからって付いて来てくれないし。俺だって出席ヤバい授業あったのに」

「コメント？　普通でいいと思うよ。君の考えを君の言葉で話したらいい。これから社会を支えていく若い世代が何を考えてるか知りたくて、こういったイベントを設けてるんだし」

「そっか。大きな会社だし、社長とか偉い人とかっておじさんとかおじいさんとかですよね」

「うーん、そうだね。きっと君たちの世代のありのままを知りたいはずだ。君もありのままで語るといいよ。受賞出来て、超うれしいとか」

さすがに大学生になって超、は言わないですよ、と反論したところで、迎えの女性がやって来た。ずいぶん深くお辞儀をして挨拶《あいさつ》をしてくれたので、恵も深々とお辞儀をして返す。いつの間にか緊張が解れている。今の男性が穏やかに相手をしてくれたからだ。彼は笑顔を浮かべ、

「頑張って」

と見送ってくれた。


オフィス内で授賞式なので、会場こそ社内会議室を使っての小規模なものだったが、一段高くなっている場所に品のいい豪華な花が飾られ、オフィス中のスタッフたちが集まって来ていた。

恵は拍手で迎えられて、壇上に立ったところでカメラのフラッシュがたかれる。無理やり笑顔を作って、頬が引き攣《つ》ってしまいそうだ。

そして恵は心底驚いた。物珍しいように恵を見ていたスタッフたちが左右に道を開け、そこを通ってやって来たのは先ほど休憩室で会った男性だった。

「社長、こちらが賞状とお渡しする賞品です」

係のスタッフからそれらを受け取った彼は、恵の前に立つ。長身の彼を、恵は呆然《ぼうぜん》と仰ぎ見ていた。

「……社長？」

「はい」

にっこりと爽《さわ》やかな笑顔とともに返事が返って来た。社長の名前は知っている。アルバイトの研修でカフェ・ニナマリーの企業内構成を聞いていたからだ。そのトップにあった名前が清名貴史《たかし》だ。若いとは聞いていたが、こんなに若いとは思わなかった。

「作文コンクール最優秀賞の受賞者に一言コメントをもらおうかな」

にやりと彼が笑った。頭が真っ白になっていた恵は何とか必死に口にすべき言葉を捻《ひね》り出す。

「超素敵な賞をもらえて、超うれしいです……」

間抜けなコメントをした途端、カメラのフラッシュがまた派手にたかれた。


呆然としたまま授賞式が終わって、オフィスから解放された頃には夕方になっていた。

慣れないことばかりだし、あの人——清名社長にはからかわれるし——借り物のスーツを早々と脱いで、薄手のパーカーとデニムに着替える。スーツはケースに入れて腕に抱えた。

階下に降りて入館証を返却した。ふらふらとビルの正面玄関へと向かうと、途中で清名の姿を見つけた。長身を壁にもたせかけ、恵に気付くとにっこりと笑う。

「スーツ、似合ってたのに」

「借り物なんです。汚したら困るから」

恵は彼が立っている辺りをわざと避けて、玄関の自動ドアを抜けた。

「社長だって黙ってたこと、怒ってるのかな」

「……別に怒ってません」

ぷいと顔を背ける。

からかわれるのには慣れている。十代ももう終わりだというのに、何となく男らしさにかけた顔立ちで口や鼻は小ぢんまりとしているのに目ばかりが大きく目立ってしまう。体つきも小柄で華奢《きゃしゃ》だ。外見から御《ぎょ》しやすいと勘違いされるのか、ろくに親しくもない相手から、こちらを軽んじるような態度を取られることがままある。

だが外見とは裏腹に、恵は向こう意気が強いタイプだ。自分の意見をはっきりと口にするし、馬鹿《ばか》にされたら十倍にしてお返しする。こちらを見下す相手に容赦など必要ない。

だからこのときも、恵は清名に反抗的な態度を見せた。からかわれるのは大嫌いだ。休憩室では清名のことを穏やかで素敵な人だな、社会人ってやっぱり格好いいな、と思った。頑張って、と応援してくれて、素直に嬉しかったから、からかわれたのだと気付いてよけいに腹が立ったし、少し悲しいと思った。

「お詫びに食事でもおごるよ。おいで、このビルの地下に車を置いてる」

「いらないです。帰ります」

「さっき雨が降り出した。濡《ぬ》れるとスーツを返すときに困るだろう。優秀なアルバイト君に風邪をひかれるとこちらも困るしね」

ひょいとスーツのケースを奪われてしまう。踵《きびす》を返し、歩き始めた。強引さに呆気《あっけ》に取られ、恵は慌てて彼を追った。

「社長だからって子ども扱いしないで下さい。からかわれてることくらい分かります！」

「からかってない。君の作文を読んだ。よく出来てたよ」

勢い良く怒鳴ったのに、思わぬ言葉が向けられて恵は目を見張る。

清名は振り返って、真正面から恵を見た。

「『カフェには健康で元気に働く人が息抜きにコーヒーを飲みに来る、それだけではなくて、元気を出せなくても働かなければならない人も多くいる。そういった人たちの拠《よ》り所となるために、心や体を癒《いや》す優しいハーブティーやデザートにもっと力を入れていくことも必要だ。また、危機に瀕《ひん》する地球環境も慮《おもんぱか》るべきで、これからはただ飲み物を提供する場であるだけでなく人への癒し、地球への癒しの情報拠点としての役割がいっそう肝要になる』。社会情勢やうちの社の理念をよく理解してる。現場にいる君が何を感じて働いているかよく分かるし、急ごしらえであれだけ書けるなんて立派なものだ」

本当にきちんと読んでくれたようだ。アルバイト中にぼんやりと考えていたことを文章でまとめただけなのだが、ストレートに褒められて顔が赤くなるのを感じた。

不機嫌なふりをしているけれど、この人とやり取りをしていると妙に心地よくて、もっとこの人と話してみたい、と思ったのも本当だった。

からかわれて、拗《す》ねて、ごめんごめん、とあちらが謝る。そしてお詫びだと言ってたっぷりと甘やかしてくれる。考えてみたらもうそのときには、自分たちの関係は出来上がっていたのだ。

結局、地下駐車場まで連れて行かれ、車に乗せられてしまう。ハンドルは彼が自分で取る。

「何を食べようか。好物は？」

「今日はもう、これ以上緊張したくないです」

「俺も堅苦しいのはごめんだなあ。せっかく可愛い子と一緒だから、何か可愛いものを食べたいかな」

可愛い子って何⁉

いらっとしたが、その反応をまた面白がられるのは分かっていたので憮然《ぶぜん》として黙っていた。

やがて彼は、都心から臨海へ向かうバイパスを抜け、海際の郊外へと車を向かわせた。到着したそこは漆喰《しっくい》の真っ白な壁にオレンジ色の屋根が愛らしい小さなレストランで、定年退ジャズ好きの夫婦がこだわりの素材を使ってイタリア料理を出してくれる。じゃがいものポタージュスープに具だくさんのオムレツ、焼き立ての香ばしいパン。

食事を終えると、テラスのソファセットへと席が移される。春の終わりの夜のことで、薪《まき》ストーブが焚かれていてとても暖かく、雨が降る夜の海を眺めながら、熱いコーヒーを飲んだ。デザートだと供されたのはクリームをたっぷりとのせたティラミスだ。

何を話したかまるで覚えていないのに、楽しかった、という記憶だけは明瞭だ。後で聞けば彼は三人兄弟の末っ子なのだが、年下の扱いが抜群に上手《うま》い。

食後は恵が一人暮らしをしているアパートまで送ってくれた。

「お疲れ様。そうそう、後日、受賞者の店を視察する機会があるんだ」

開いたドアから、近々、また会いに行くよと言って、きっと冗談だと思っていたのに、彼は本当に店にやって来た。一度ではなく、何度となく訪れて恵が忙しく立ち働いているのを感心したように見ていたが、社長が来る度《たび》に気の弱い店長が緊張して気の毒だった。苦言のふりでそれを伝えると、以降は個人的に誘われるようになった。食事に連れられたり、ドライブに出かけたり、日曜日の朝からのクルージングに連れられたこともある。

大人気のミュージカルのプレミアチケットをプレゼントされて、二人で一緒に行こうと誘われたのかと思ったら、仕事で都合がつかないので友達と行っておいで、と言われてそのときには心底がっかりした。

その頃にはもう彼のことが大好きになっていて、ただ大好き、一緒にいたいと思うだけではなくて、彼への気持ちにはいつも切なさを伴っていたから、これが恋だと分かった。恵にとって初めての恋だった。

彼に会うのが楽しみで仕方がなく、でも会えると何だか泣きたい気持ちになって、つんつんと拗ねたような生意気な反応を返してばかりいた。それでもいいよと心を包み込まれて、二十歳の誕生日に体と心を彼に手渡した。

ずっと夢見心地だったと思う。その夢はまだ終わる様子を見せない。だからこれはきっと、幸福な現実で、決して揺らぐことはないと恵は思っていた。

【 3話　パンケーキの誓い　～夏の終わりの出来事 】

企業戦略、ブランディング、ポジショニング。ブルーオーシャン、コストリーダーシップ戦略、詐欺すれすれのステルスマーケティング。

「企業戦略Ⅱ」の講義は、大企業と言われる企業が選択した戦略につき、過去の事例を調べて類型化していくというものだ。

高校三年生のときに経営学部に進路を決めた。経営に特に興味があったわけではない——そんな高校生も少ないだろう——ただあまり勉強をせずに行ける大学の、入りやすい学部を選んだらここに籍を置くことになった。

考えていたよりずっと面白い世界だ。自分が好んで購入したと思ったものが、企業や広告代理店が作ったコマーシャルにまんまと乗せられている、ということがこんなに多いとは知らなかった。

あの人も、毎日毎日こういうことを考えて生活しているのだろうか。面白いし華やかだけど、ちょっとだけ殺伐《さつばつ》としているようにも思う。何もかも、結果が無味乾燥な数字で表現される。

「秋の八研のセミナー、S大でやるんだって、あっちの大学と合同で。やっぱし出席しとくべきかな。オンラインもあるみたいだけど」

「オンライン参加は出席にカウントされないんだって去年の先輩が言ってた。いいじゃん、行けば。女子大だし、いいことあるんじゃね？」

恵は学部内の食堂で友人の柴谷《しばたに》と昼食を摂っている。きつねうどんと、秋のはじめを思わせるきのこの煮びたし。三年生から始まるゼミはどの教官の授業を選ぶか、就職活動はどうする？

恵は溜息《ためいき》を吐きつつ、腕時計に目を遣《や》る。一か月と少し前の七月、二十歳の誕生日に清名から贈られた時計だ。以前は清名が使っていたものを仕立て直してくれたもので、今は恵の時間を刻んでいる。

清名のことを考えるのは楽しいけれど、大学での生活も恵の大切な現実だ。

友人の柴谷は今日のA定食である味噌《みそ》カツを食べながら、恵の恋愛に辛口のコメントを寄越す。

「よくよく考えたら炎上ものだよな、マルチーズ系のDD《男子大学生》に手を出して処女奪うって」

「誰がマルチーズだ。つーか女じゃないし。それに奪われたんじゃない、自分からするって言って捧げたんだ」

柴谷は、健気《けなげ》なこと言うじゃん……と感心している。

中学校からの親友である彼は、年上の同性との恵の恋をあっさりと受け入れてくれた。といっても彼に咎《とが》められる謂《いわ》れもないのだけれど。何しろ見栄えのいい彼の素行は出会った中学生の頃からひどいもので、手当たり次第に「食い散らかす」という表現がまさにぴったりだ。そのくせ味噌カツを食べる箸《はし》遣いは端正だし、アパートに遊びに行けば部屋はきれいに片付いている。成績も素晴らしい。

「なんかさ、可愛いって女の子みたいって言われるみたいですごいイヤだったのに、清名さんに言われるのはなんか嫌じゃないんだ」

「お前、女子たちに『自分より可愛い彼氏とかマジ無理な件』ってよく言われてたもんなー。で、どうなの男同士のセックス。やっぱ気持ちいいの、女の子とするのと比べて」

それからにやっと笑う。

「あ、ごめん。お前童貞だったわ」

「お前ほんと最低」

睨《にら》んでから、でも一瞬その感覚を思い出して、つい遠くを見てしまう。

恵が初めて清名と結ばれたのは今年の七月、二十歳の誕生日、その朝だった。それは恵にとって初めての経験で、正直不自然な行為に思えた。清名は恵の様子を見ながらゆっくりと丁寧に行為の手順を教えてくれたけれど、羞恥《しゅうち》と緊張に赤くなったり青くなったり、どうにも色っぽい雰囲気とは程遠かった気がする。セックスが気持ちがいい、というより、彼と二人きりで親密に触れ合うことがただ嬉しかった。しかし、行為を重ねるにつれて、様子が変わって来た。

「……最近、気持ち良すぎてちょっとヤバい」

「へーえ……」

柴谷は興味深そうに瞬《まばた》きをする。

「トップクラスの会社社長はセックスさせてもトップクラスかあ。さっすが。じゃあ恵はそのうち、別の次元にいっちゃうかもよ」

「別の次元？」

「なーんか、男でも後ろだけでイっちゃったりすることあるんだって。前をいじらなくても」

恵はきょとんと瞬きを繰り返した。

「後ろって……ええ？　前に何もしなくても、………ってこと？」

「そうそう。イっちゃえるらしい。そりゃもう別次元の快感なんだってさ。薬なんか使わなくても天国が見えたり、世界観が変わるって」

恵はきつねを割り箸で摑んだまま、ごくりと喉《のど》を鳴らす。そんなに？　今だって十分……ものすごく気持ち良いのに？

「それってAVの設定とか、都市伝説とかじゃなくて？　男でもほんとにあるの？」

「いや知んないけど。でもあってもおかしくはないんじゃない？　ものすごい体の相性がいいとか、愛し合ってるとかさ。お前、今だってだいぶすごんだろ？」

「オヤジかよ」

味噌カツ一切れ寄越せと箸を伸ばすと、柴谷は素直に一つ譲ってくれた。この大学は学食が美味しいのがいい。味噌ソースの濃い味で口腔を満たし、しかし考えることは一つだ。

愛し合っていたら、信じられないような奇跡が起こったりもする。それはもう、きっとめくるめくような幸福だろうと初めての恋の最中にいる恵は思う。

「……そっか、これ以上すごくなるんだ」

「でもお前、あんまり深入りし過ぎない方がいいんじゃないの？　あの人の父親、ＬＵＧグループの会長だぜ？　ひーじーちゃん？　か、ひーひーじーちゃんが創始者。一族の全員が起業するのが義務なんだって。んでそれぞれ数字で争って、一番収益上げた人がグループの次のトップに就任する決まりなんだってさ」

ネットにのってた、とスマホでそのページを示す。

恵もそのページは見たことがあった。

清名の家に生まれた子供は、成人すると幾ばくかの資金を手渡されて起業することが課せられている。資金の提供はその限りだが、一族が持つコネクションを利用するのは構わない。ただし清名家の伝統や名前を汚すことは絶対に許されない。とにかく実績を上げ、その業績は常に年長者たちから精査され、評価を受ける。年功序列が厳しい一族なのだそうだ。

清名はカフェチェーンを自分の事業として選択し、学生時代にはすでにＥＣ事業を立ち上げ、現在は実店舗の経営で好成績を上げているというわけだ。実家や血縁からの支援があり、ゼロから始めなければならない他社と比較して有利ではあるが、メジャーな会社と成り上がったのは経営者の手腕に他ならない。

「でもなんか、外部に対する内部の結束は強いけど、内部での争いは激しいって。『ハウス・オブ・グッチ』の世界だな。殺し合いとかそのうち起きそう」

「そうかなあ、清名さんと話してると普通だよ。セレブって感じあんまりしない。この前もゲームで俺に負けて死ぬほど悔しがってたし」

「そりゃお前に合わせてくれてるだけだよ。ま、あんだけでかい会社だと、現代でも政略結婚とか絶対あるだろうし、お前もその年で愛人生活とか嫌じゃん」

「はああ？　愛人ってなんだよ！　絶対なんねーから！」

「捨てられるよりましじゃないの？」

「何でハッピーエンドじゃない前提なんだよ！」

というわけで、柴谷とは中学生時代以来の大喧嘩《おおげんか》をしたのだった。

その夜、久しぶりのデートのときも恵がどこか悄然《しょうぜん》としていることに清名は気付いたようだ。

しかし、すぐにその理由は尋ねない。美味《うま》いけど肩が凝らない寿司屋があるからと、そこに連れて行ってくれて、馴染《なじ》みの大将とのやり取りで恵を笑わせて気持ちを解す。

そしていつものシティホテルの一室で、体を交わす。セックスで満ち足りた後、バスルームの広い浴槽に二人で一緒に浸《つ》かりながら、何気ない言葉を交わす。明日の朝は、陽当《ひ》たりのいいテラスに出て、パンケーキを食べようかと言ってくれる。このホテルのパンケーキは美味で有名で、恵の大好物でもある。それに、どうやら今日は朝まで一緒にいられるようだと分かって嬉しくてたまらない。そうやって恵を笑顔にさせ、清名はようやく恵に元気がなかった理由を尋ねた。

恵は浴槽に伸ばされた彼の足の間に膝《ひざ》を抱えて座っている。肩が冷えないように、ときどき手ですくってお湯をかけてくれる。

「柴谷と喧嘩になって……」

俺が、清名さんにそのうち捨てられるか愛人にされるっていうんだけど、そうなの？

さすがにそこまでストレートに尋ねる勇気がなく、そもそもの喧嘩の契機を話す。

「えーと……エッチのとき、お尻だけで、イけるかどうかって話をしてて」

「お尻だけで……ああ」

いきなり飛び出した単語に少し戸惑ったようだが、意味を把握してくれたようだ。

「ごめんね、バカでヒマな大学生で」

「そういうことが大切な年代だよ。君のお尻のことなら、俺にも大問題だしね」

「清名さんは、イけると思う？　お尻だけで。前は触らないで、お尻だけで。そういう人としたことある？」

「医学的なことは俺にも分からないなあ。男性にも色んな体質の人がいるだろうからね」

聞いてみたいのは「そういう人と」以下の部分でもあったのだが、一般論で上手《うま》くかわされてしまう。

「でも、俺はイってみたい。お尻だけで。すっごく良くて、天国に行けるって」

「それは失敬。努力はしてたんだけど、君には不満だったみたいだ」

水圧を利用してひょいと体を持ち上げられ、向かい合うように座り直した。ピンク色に火照《ほて》った乳首にちゅ、とキスをくれる。

「や……！　そうじゃ、んっ、くて、だって」

尖《とが》った乳首を唇で挟み込み、いっそう尖った先端を舌先でちらちらと舐《な》める悪戯をする。

恵は彼の首にしがみついてその愛撫に夢中になってしまいそうだったが、彼の肩に手をかけて遠ざけ、何とか態勢を立て直す。

「だって、今だってすごく気持ちいい、けど、……もっと上があるんだったら行ってみたい」

「どうだろう、俺は都市伝説みたいなものだと思うけどなあ、天国なんてどうせいずれは行くことになるんだからそんなに焦って行くことないよ」

「でも、愛があればどんな奇跡でも起こると思う。都市伝説だってちゃんと伝説になると思う。愛があれば、どんな奇跡も起こると思う！」

「じゃあ、その奇跡は起こらないかも知れないな。俺は愛の存在を信じてないから」

「え……？」

恵は驚いて清名を見た。

「永遠の愛も、真実の愛も存在しない。見たことがないものは信じないことにしてる」

清潔で広いバスルーム。そこに置かれた猫足のクラシックなバスタブは陶器製でとても大きい。熱いお湯をたっぷりと張ることが出来て、二人で入ってもそう狭くない。その心地よいバスタブの中で、大きな氷を飲み込んだみたいに、喉の奥が冷えて、とても痛かった。

「……俺、清名さんのこと好きだよ？」

「ありがとう。俺も、君が大好きだ」

「清名さんと一緒にいて、すごく楽しいし、幸せだよ？　俺、初めてのエッチが清名さんで良かったって、すごく思って……ずっと一緒にいたい人だって。柴とだってそれで今日喧嘩して」

必死で言い募るのには鼻先にキスをされた。

「君は正しいよ。俺にとって君は、誰より大切な人だ」

「でも、愛は存在しないって清名さんは思うんでしょう？」

「目で見えないものは信用していないし、俺にとっては重要じゃないんだ。でも君は今、俺

の目の前にいて、俺は自分の恋人はなんて可愛いんだろうと悦に入ってる。君は何より大切で、可愛い俺の恋人だ。それが俺の今の現実なんだ。それだと満足出来ない？」

恋人って言ってくれるのは嬉しい。でも、愛してはないの？　恵だって恋と愛の違いなんて説明出来ない。だけど、恋人と一緒に時間をかけて見付けていくものだと、清名とならそれが出来ると思っていた。

けれど愛の在不在という問題は彼の中ですでに答えが出ているらしい。愛は存在しない。そして多分、愛があるかないか以前に、彼にとって愛は些末《さまつ》なものなのだ。ついさっき、情熱的に体を求め合った恋人を前にして、愛を信じていない、と明言してしまうその残酷さに気付かないくらいに、彼は愛に価値を認めていない。

今もし、清名を問い詰めたら、かなり情けないが恵は泣き顔になってしまう気がする。恋人に愛を信じない、と言われた悲しみを上手に隠せる自信がない。そして清名は問題の本質は理解しないまま、恵を泣かせないように、恵が傷つかないように、きれいな言葉で恵を説き伏せてしまうだろう。

もしかしたら訪れるかも知れない別れの日まで、彼は恵を優しく懐柔してしまう。

だから、深刻に考えるのは後にする。今は一つの命題を証明することに集中する。

「愛は存在する。俺が証明する！」

恵はバスタブの中、勢い良く立ち上がった。ちょうど清名の目の前で恵の性器は丸見えで、とても恥ずかしいことになっていたが必死だったので気付かない。

清名がどれほど有能で、出来た大人であったとしても、この件に関して正しいのは自分だ。愛は存在する。

地方都市に生まれた恵は姉二人の五人家族で育った。近所に両方の祖父母が暮らしていて、恵は揉《も》みくちゃにされるように構われ、可愛がられて育ったと思う。自分の周囲に潤沢に存在したもの。ときどき面倒くさくなって、ちょっと雑に扱ったりもしたけれど、だけどとても大切なもの。あれが愛だと恵は思っている。

もしかしたら清名は、煌《きら》びやかな世界にいることでごく単純なものが見えなくなっているのかも知れない。

「愛はある。愛があったら何が起こるか分からない。愛は奇跡を起こすんだよ？」

恵は手を握り締め、強く主張した。

「それに俺の愛はすっごく強いよ。清名さんの考えなんて、根底から引っ繰り返すくらいすごいから、奇跡が起きたら、俺を信じてくれる？」

「奇跡？　それは見てみたいな、どんな奇跡？」

「たとえば……」

愛を信じさせるのだ。何でも持っている彼が、見たことも手にしたこともない、劇的な出来事がいい。

例えば、彼が悪の組織に囚《とら》われてしまい、恵が命がけの戦闘の上、救出する。彼が冤罪《えんざい》で逮捕されてしまい、恵が奔走してその潔白を証明する。彼が記憶喪失になって恵のことを忘れてしまっても、ずっと傍にいる。天に召されるその瞬間まで、いつか彼が自分のことを思い出してくれると信じて。

でも、そんなドラマチックなことなど、そうそう身近に起きっこない。そして彼は本当に何だって持っている。欲しいと思えば何でも手に入れられる。

ならば恵は体を張るしかない。この体を使って、愛を証明してみせる。

咄嗟《とっさ》に、先ほどの「都市伝説」が思い浮かんだ。

「俺がお尻でちゃんとイけたら愛はあるって信じてくれる？」

あるのかないのかよく分からない「都市伝説」を愛の力で真実にする。それにセックスは、共通項に乏《とぼ》しい自分たちが一緒に取り組む数少ない行為で、一般的には神聖なものだとされる。奇跡が起こるに相応《ふさわ》しい場面だ。

「……愛はあるって信じてくれる？」

もう一度、彼の膝にしゃがみ込んで大真面目《おおまじめ》に清名の顔を見詰めると、彼は何故か少し残念そうな顔をしていた。

「信じる。……かもしれない」

「かもしれないじゃなくて！」

「分かった、信じるよ。君が可愛いお尻でイけるようになったら、神様に愛を誓って君をお嫁さんにもらおうかな」

全然真面目に受け止めてくれてない。でも言質《げんち》を獲得したことで、恵は勢いを得た。

「愛は存在する！　見てて、それをちゃんと証明するから！　ちゃんと協力してよ！」

やる気満々な恵に、はー……、と溜息をついて、けれど彼のその口元には苦笑いが浮かんでいる。

「俺は、君の中の真《ま》っ直《す》ぐさが怖くて仕方がないよ」

――彼は何でも持っている。何にでも恵まれている。恵が彼に与えられるものなんて、してあげられることなんて、ほとんど皆無だ。だから下らないと思われても、こんな方法しか思い付かない。

愛は存在する。けれどそれは、清名が言う通り目に見えない曖昧《あいまい》なものだ。でもだからこそ大切にするべきなのだ。風に掻《か》き消されそうな小さな灯《ともしび》を大切にするみたいに、一人の手のひらでは足りないから二人で囲むのだ。

パンケーキで甘やかされて、可愛がられているだけの存在でいるのは絶対に嫌だ。恵も彼に、大切な何かを与えたい。こうして恵は「お尻の開発」に日々努めることになった。

【4話　しくじりロリポップ　～深まりつつある秋】

「やっぱし、お急ぎ便使って正解だった」

届いた宅配便はティッシュボックスほどの大きさで、昨夜に購入したら今日の夕方にはもう手元に到着した。

買うのはかなり躊躇《ためら》ったけど、正直興味津々だ。

箱を開け、購入した物品を取り出す。説明書を見るまでもなく、使い方は簡単だ。ロリポップキャンディの形をしたおもちゃ。ただのおもちゃではない。

性のおもちゃ――バイブレーターを買うのはもちろん初めてで、使用も初体験だ。最初は、通販サイトのサンプル画像すら直視できなかった。

勃起《ぼっき》して血管が浮いた男性器を象《かたど》ったものや、ピンク色に着色されたバナナにきゅうりなど、バラエティに富んだ世界だ。男性器の付け根が吸着盤になっていて、床に固定出来るものもあった。固定してどう使うのだろう？　と思って詳細を見ると、床に取り付けて騎乗位のように腰を落としていくのだという。さすがにそれはまだ無理だと思う。

悩んでいたら、ロリポップキャンディを模したものがあった。

キャンディを包むセロファンは薄いシリコンシートで出来ており、キャップの代わりになっていて、これを外すと、ミルキーピンクとレモンイエローがまだらに入り混じった丸いキャンディがあらわれる。持ち手としてプラスティックの白い棒がついていて、大きさも実物とほぼ同じなようだ。キャンディの部分には小さなスイッチが埋め込まれてあり、それを押すと細かく振動する。これだったら形も色も可愛いし、怖くないかもしれない。おもちゃ初心者の恵にもきっと上手に使えるはずだ。

説明書にはご丁寧にもラブドールを使った動画のｕｒｌまで案内されていたので、すぐに実践することに決めた。

これで自分で体を開発する。よし、と部屋着にしているスウェットのパンツを脱ぐ。感じやすい、イきやすい体を作って清名との約束を果たすのだ。

そして三時間後。

部屋のチャイムが鳴らされる。不用心だが扉の鍵は開けておいた。ベッドから動けないから勝手に入って欲しいとも伝えてある。

大学生向きのワンルームの間取りとはいえ彼がこの部屋を訪れるのは初めてで、躊躇《ちゅうちょ》しながら中へ入って来た。

「恵?」

「清名さん、……」

恵は雷を怖がる子供のようにベッドの上に丸まり、掛け布団に包《くる》まっている。その端を少しだけめくり、ちょっとだけ顔をのぞかせた。

さっき彼に、ベッドの上からスマホで連絡をした。恵からの着信を取った彼に、恵はしばらく沈黙した後、助けて、と言った。何が起こったのか、口では説明できない。忙しいのは分かってる、でもお願いだから来て欲しい。助けて欲しい。怖い。

生意気を言ったり、拗ねてみたりであれば恵の通常運転だが、意地を張ることも出来ず、半泣きでいるのはついぞなかったことだ。清名は心底驚いたらしく、車を飛ばしてすぐに来てくれた。

「恵、どうした？　気分が悪いのか？　上手く手が空いたところで良かった」

忙しい中飛んで来てくれたのに、いつまでも黙って蹲《うずくま》っているのも申し訳ないことだ。けれど言葉で説明するには、あまりにも情けない状況だった。

ベッドの周りには、さっき使っていたバイブレーターに添付されていた品が散乱している。バイブレーターが入っていたボックスに、カラフルなシリコンシート、白い持ち手の棒。

「お菓子……？　これを食べてお腹が痛くなった？」

「ちがう……」

これはお菓子じゃない。小さい声で告げると、清名はフローリングに放り出されていた紙片を手に取った。バイブレーターの説明書きだ。それで察したらしい。

「おもちゃか。何だってこんなもの……」

恵はいたたまれなくなって目を逸《そ》らす。

「ん？　でもこの先端部分は？　壊れたのか？」

数秒間があって、軽く眉を上げた。………まさか、と恵を見て呟《つぶや》く。

「恵」

「やだっ！」

「恵、ちゃんと話しなさい。体のことだから、恥ずかしがって内緒にしていたら手遅れになることだってあるんだよ」

「…………」

「この先端の部分は？　どこに行った？」

「中……」

恵はのろのろと体を起こし、小さな声で告白した。

動画で説明されている通り、一緒に購入していたローションでしっかりとキャンディを濡らした。ベッドに腰かけて足を開き、性器の先端に押し当ててみたり、長い部分の裏を縦になぞったりして、「ならす」のだと指示があった。けれど、慣れないせいかくすぐったいばかりだ。やはり本来の目的を果たさなければと四つん這いになった。双丘を割り、窄まりに押し当てて、ローションをそこになじませてからゆっくりと押し入れてみる。

無機質な異物感。気持ちがいいのかどうか、よく分からない。もしかしたらもっと奥に入れるといいのかも知れない。清名とのセックスのときは、もっともっと奥をいじめられる。突き上げられて、抉られて――

何か、きゅんとした感覚があって体に力が入った途端、プラスティックが爆《は》ぜるような嫌な手応えがあった。慌てて引き抜くと持ち手の先端にはもうキャンディはついていなかった。恵の中に残っているのだ。

「不良品だったみたいで、なっ、な、中で……」

「取っ手の付け根が折れて、キャンディの部分が中に残ったんだね？」

恵は情けない気持ちで頷《うなず》いた。情けないし、こんなことになって大騒ぎして、恥ずかしくて恥ずかしくて仕方がなかった。

「指で取ろうと思ったけど、俺の指じゃ届かなくて、ローション使ってたから滑るし、押し込む形になってどんどん中に入っちゃって。取れなくなった……」

清名は分かった、と言って上着を脱いで部屋の隅へ放るとネクタイを緩めて恵の傍に座る。恵はどうしても彼を見ることが出来なかったが、羞恥を堪えてきちんと説明できたことにご褒美をくれるように、後頭部を手のひらで押し包むと額にキスをしてくれる。

「痛みは？」

「ない…………」

「ちゃんと調べて出してもらわないと腸閉塞みたいな状態になるかもしれない」

「ちょうへいそく……?」

恐ろし気な病名を清名は口にした。つまり、トイレをもよおしたときに、おもちゃが邪魔になって排泄《はいせつ》が出来なくなるというのだ。恵はぞうっと背筋が冷えるのを感じた。

「……調べるってどうするの？　出してもらうって、どんな風に？」

「レントゲンを取って位置を確認して、ドクターの前で下着を脱いで足を開いて……、そうだな、ちょっと珍しい状況かも知れないから、他のドクターや看護師さんたちがたくさん見学に来るかも知れないいな」

産婦人科の分娩《ぶんべん》台のような施術台に足を開いて、今自分でいじっていた場所をすべてさらけ出す。そして金属の器具をここに入れられて、いっぱいいっぱい拡張して無理やり空間を作る。その空間に細い器具を通し、恵の体の奥に入ったままのおもちゃを取り出すのだ。

「恵の中はものすごく狭いし、傷つくと大変だ。慎重にして専門家に任せるべきだ。分かるね？」

「分かる、けど、でも……は、は、は、恥ずかしいよ……」

「心配なら俺も傍で見てるから大丈夫だよ」

「よっ、余計嫌だ！」

注射を嫌がる子供そのものにお尻を押さえて後じさる。

「行かない。病院には、行かない。だって、嫌だよ。たくさん人がいる前で、足を開いてお尻の中を覗《のぞ》き込まれるんでしょう？　自業自得だけど、嫌だ。指がさっきまで当たってたから、そんなに奥じゃないと思う。い、痛くないし、きっとそのうち出て来るからもういい」

「恵」

「だって、だって」

怖かった。情けないけれどもう我慢が出来ずにぽろぽろ涙がこぼれ始めた。体の中に、あるべきでない異物が入り込んでいる。良かれと思って始めたお尻の訓練で、こんなことになるなんて。

お尻を押さえたまま、恵は考えた。自分ではどうしようもない。病院に行くのは嫌だ。だったら――

「清名さんがして……」

「俺が？」

意外な言葉を聞いたように、清名は眉を顰《ひそ》める。

「それは出来ないよ。俺は医療知識のない素人《しろうと》だ、君に怪我《けが》をさせたら大変だからちゃんと病院に――」

「でも、一回やってみて。清名さんの方が指が長いから、清名さんなら届くかも知れないから。それで駄目だったら、ちゃんと病院に行くから……」

必死で哀願すると、清名は溜息をつく。多忙な人を呼び出した上、こんなことをさせるなんて身の置き場がないくらい申し訳なかった。けれど彼は恵の中を探ることを了承してくれた。

ベッドの上に仰向《あおむ》けになって膝を立て、足をM字型に開くよう指示される。腰の下に枕を入れられると恵の窄まりが上向きになり、清名が作業をしやすくなる。

恵は目を固く閉じ、もう何も考えまいと決める。セックスをしている相手だけれど、こんな風に煌々《こうこう》と蛍光灯が照らす自室でこんな姿勢を取って、隠しておくべき場所を明らかにして、ものすごく恥ずかしくて呼吸が震えてしまう。

大丈夫だからリラックスして、と何度もキスをしてくれながら、あやすように尻の丸みを撫でられる。ローションが入っていたプラスティック容器を扱う音が聞こえて、やがて恵は息を詰めた。尾骶骨《びてい》から割れ目を探り、そこに清名の指が届く。少し腫《は》れて、ぽってりと充血していると告げられる。恵が必死で弄《いじ》ったせいだ。

「指を入れるよ、力を抜いて」

「ん……」

横たわった恵の右肩の辺りに手を着いてやや覆い被《かぶ》さるように、清名は姿勢を取った。顔を隠さないように言われた。恥ずかしいかもしれないが、恵の表情や反応を見ながら処置を行うためだと言われて拒めなくなる。

「ローションで濡らしてあるから痛くはないと思うけど、つらかったら我慢せずに必ず言って」

「うっ、んん」

まずは一本、清名の指が恵の中に入って来た。中の様子を探りながら、ゆっくり、ゆっくりと奥へと侵入する。

「ずいぶん奥だな。こんなになる前に俺を呼んでくれよ」

本当は恵もそうしたかった。

でも、清名はいつでも忙しい。

恵のことばかりに時間を使うことは出来ない。それは分かっているから、自分でどうにかしようと思って「ドッボ」に嵌《はま》ってしまった。柴谷に相談などしようものなら、一生バカにされる気がするし、この前喧嘩したばっかりだし――思考がだんだん散漫になる。セックスしているときみたいな、甘く痺れる感覚が湧き起こっているからだ。清名の長くてすんなりとしたきれいな指。その指が、今、恵の中に埋め込まれて中を探っている。

「んっ……………」

ぴくんと足の小指が跳ねた。恵の感じやすい場所に、清名が触れたのだ。

「あ、やっ……、あぁ…………っ」

「恵、感じるな。中が俺の指を締め付けて動かせないよ」

苦笑交じりに言われて、恵は真っ赤になった。

「今はそういうことじゃないから、気持ち良くならないように注意して」

「ごめんなさい、ごめん、なさ、い……っ」

はあ、はあ、と必死に乱れる呼吸を整え、そこの力を抜くよう努めた。けれどその粘膜は、どうにかおもちゃを取り出そうとずっと自分でかき回したせいで、ものすごく敏感になってしまっている。事務的な意味で挿入された清名の指にも反応してしまい、駄目だと思うのに性器もしっかりと立ち上がり、恵をいっそう恥ずかしい気持ちにさせた。

「うん……まだ奥だ。手前に転がって来るように、少し指を揺すってみようか」

奥に収まってしまっているおもちゃを外へと誘導するように、清名の指がゆっくりと前後に動き始めた。

「あっん……」

甘い声が、唇から漏れる。この指の動きは、セックスのときと同じなのだ。感じては駄目だと言われているけれど、どうしても我慢が出来ない。

「やぁ、あぁっ……、だめ……、やだぁ……っ」

「あった。少し我慢して。かき出してみよう」

くん、と指先で小突かれたそれが奥へと動くのが分かった。そして恵は息を呑む。清名の指で押し上げられたキャンディが恵の感じやすい、弱い部分にぶつかって悩ましい感覚が生まれたからだ。

「……あぁ……っ！　ダメ、あた、あたってる、そこ、ダメなと、ころ」

清名とセックスしてるとき、いつもそこを擦り上げていじめられる。いじめられて、こりこりと凝《しこ》ったそこを、さらに抉るみたいにしてもっと責め立てられる。

前立腺、と説明されたけれど、恵にはよく分からない。セックスの時間だと誤解した性器は無邪気に勃起して、恥ずかしいくらいに体液を滴《したた》らせ根元の淡い下生えすら濡らしてしまっている。

「ダメ……！　せいなさん、ちょっとだけ、待って……」

快感を堪えるため、息が切れて心臓がどきどきして、すごく切なくなってしまう。恵の哀願に清名は少しだけ「休憩」をくれた。その間もずっと性器の先端や、乳首を指でいじっていじめられる。また緊張しないように、体を解いてくれているのだと思う。

「はぁ……、はあ……っ」

「困ったな。こんなに感じやすいと取り出せないよ」

「……だって、だって、……あ、ひ、あんっ……」

作業が再開される。これでダメなら病院だよ、と脅されて、恵はぎゅっと目を閉じた。

「やっ！　あう！」

少し我慢して、と清名が囁《ささや》く。恵の中で指を二本、くっと鉤《かぎ》状に曲げてそれをかき出そうとしている。キャンディがころん、と中で動くのが分かった。

「やっ⁉　あああああっ！」

目を見開き、のけぞらせた喉から嬌声《きょうせい》が迸《ほとばし》る。いきなり、体の中で細かい振動が起きたからだ。ごめん、と清名が恵を見た。

「スイッチが入った」

「あ――――！　ダメ！　これ、や、いやああっ！」

清名の指が当たり、キャンディのスイッチをオンにしてしまったらしい。無機質な、単調なバイブレーション。その振動は恵の感じやすい凝りに届き、どうしようもなく恵を責め立てる。恵は息も絶え絶えに清名に抗議した。

「……せ、清名さん……、わざとしてる、でしょ……！」

涙目でいる恵に、清名は首を傾《かし》げる。

「わざと？　何を？」

「……あっ、あ、ん、わざと、………、感じさせてる……っ」

「まさか。そんな意地悪はしてないよ。君が敏感すぎるんだ。エッチでいやらしい子は俺も大好きだけど、今だけもう少し我慢して欲しいな」

汗ばんだ額にちゅ、とキスされる。本当だろうか。面白がられている気がするのは恵の考えすぎだろうか。

「んっ、んっ」

「上手だ。そのまま力を抜いて……」

鉤状の指がかき出すように動き、恵はぎゅううっと清名にしがみついた。隘路《あいろ》を内側から押し上げられ、清名の指が抜き放たれたと同時につるん、とそれが外へと飛び出した。

「あ、あぁぁ………っ」

鮮やかなキャンディがフローリングの上に音を立てて落ちる。それはつやつやと、口に含んでいたキャンディのように蕩けている。ローションと恵の体液に塗《まみ》れているのだ。今までそれが自分の体に埋まっていたのだと思うと、まるで自分の内部を覗き見られたようでいたたまれない。

それなのに、清名はひょいとそれを指に取り上げ、まじまじと注視している。スイッチに触れると、小さな羽音が止まる。

「これが悪さをしてたのか」

「やだっ！　そんなに見たら嫌……！」

おもちゃを摘《つ》まんだ彼の指を両手のひらで覆って隠そうとしたが、清名は意地悪く遠ざけてしまう。

「こんなのを入れて一人で気持ち良くなってたのか？　俺を放り出しておいて本当にひどい子だ」

「だって、だって……」

訓練のために、頑張りたかったから。

「体を敏感にしたら、感じやすくなってイきやすくなるって聞いたから、だから一人のときはこれを使っていく練習をしようって思って、それで」

「これ以上感じやすくなるつもりか？　感度は十分だよ」

背中を撫でられ、耳たぶにキスをされただけで、びくびく震えてしまう。清名に躾《しつ》けられた体はこんなにも感じやすいのに。

「……じゃあ、何が問題？　分かんない、どうしてイけないのか、分かんないよ、俺、ちゃんと頑張ってるのに。清名さんとするの、すごい好きなのに」

「うん、そうだね。いつもものすごく気持ち良さそうだ」

「うん、うん……」

清名の声を聴きながら、腰が動くのを止められない。清名の首に腕を回してしがみつき、勃起した自分の性器を跨《また》がった清名の太腿に擦り付けるように必死で腰を振った。

スーツが濡れて汚れてしまうのに、清名は困った様子も見せず、手のひらを恵の頬に添えている。口元に微笑を浮かべて何だか楽しそうだ。

「……やだ、や……、せいなさん、止まらな、い、……、おねが……っ」

はあ、はあ、と呼吸を荒げ、必死に清名にせがんだ。

バイブレーターを取り出すためにいろんな刺激を与えられてしまったのに、恵はまだ一度も達していないのだ。キャンディがなくなった部分が空洞になってしまって、寂しい感じがする。おもちゃじゃないもので、そこを満たして欲しい。

「んん、………に、入れて欲しい……っ」

「入れる？　何を？　またおもちゃを入れて遊びたいのか？」

「ちが……っ、清名さんを、入れてほし……」

「俺を？　ふうん。どこに？」

「やだやだ……っ、いじわるしないで、お願いだから……」

恵は顔をくしゃくしゃにして哀願した。

「ダメだ、悪戯ばっかりする悪い子はお仕置きしないと。どこに入れて欲しいの？」

「やだ、やだ……ごめんなさい……もお、もおしないから」

それでも清名は恵の背中を撫でるばかりで、動こうとしない。微笑が浮かぶ形のいい唇を恨めしい思いで睨んで、とうとう恵は彼が望む言葉を口にした。

「おし、り、にいれてほしい……」

しゃくり上げながら、哀願した瞬間、シーツの上に押し倒された。それからしまった、と呟く。

「こんな用件とは思ってなかったから、持って来てない」

「いらない……そのままでいいから」

早く欲しい。堪《たま》らず腰を揺すって懸命にねだると、清名はいいよと言ってキスをくれた。

「何度も指を入れたから強い刺激を与えない方がいいね。だからゆっくりだ」

そう言って、じれったく思えるほど本当にゆっくりと、恵の中に入って来た。

キャンディとは違う、圧倒的な重量と熱をもって、恵を満たしていく。

「あああぁ………っ」

機械的な中途半端な刺激に飽いていた恵の体は、大喜びで清名の情熱を受け入れ、奥へと飲み込んだ。ものすごく、満ち足りた感じがする。

「あ、あ……きもちい、せいなさん、気持ちいい………」

「ここが、好き?」

清名が腰をぐるりと回す。彼の固い先端が、恵の弱い部分を抉った。

「うっん!　あ、あ、そこ、こりこりのところ、好き、………、きも、ち、い」

そこを、清名の先端のくびれでこりこりと抉ってもらうのが大好きだ。でも、バイブレーターではそんなことは上手に出来なかった。ただ単調に擦ってくれるだけだ。

清名が最奥に届くと、掲げられた足の小指が、ぴくん、ぴくん、と小魚のように跳ねる。

「奥、突いてほし……、もっと、いっぱい」

「そう、恵は本当に奥が好きだね」

「うん、うん。好き……」

恥ずかしい気持ちを堪えて懸命に訴えると、清名が、恵が大好きな律動を始める。思わず、甘い声が漏れた。

「あああ……、せいなさ……っ！」

いきなり口を塞《ふさ》がれて、しい、と耳打ちされる。

「声が高い。ホテルじゃないから、我慢して」

「ん、ん」

涙目になってしまったが、必死で頷く。彼の首にしがみつき、耳元に顔を埋めて、うわ言みたいな小さい声で、体感を伝えた。

「好き、好き……、きもち、い、い……っ、あ、ん、せいなさん……」

好き、ともう一度告げると、がくがくと体をおこりが襲った。こんなに奥まで受け入れて、心と体がいっぱいに満ち足りる。無意識に腰を使ってねだってしまい、清名は性器にそっと愛撫をくれて、辿《たど》り着いた高みから一気に解き放たれる。

「――……」

たくさんキスをしたので、濡れそぼって腫れたようになっている唇を半開きにして自分の部屋の天井を眺めていると、

「まったく……こんなことで良かったよ、電話をもらったとき、どれだけ肝が冷えたか。あ

んまり心配させないでくれ」

甘い言葉とともに、またキスをくれる。

清名のキスはいつも甘い。甘いものはあまり食べない人なのに不思議だ。まるで、唇でもキャンディを食べてしまったみたいだと恵は思った。

【5話　ところで彼が甘いお菓子にはまった理由　～ちょっと戻って梅雨の頃】

清名貴史は愛の存在を信じていない。二十九年間生きて来たが、それで不都合はなかった。目には見えない、存在も曖昧なものを信じて振り回されるなど、あまりにも愚かだ。愛を絶対だと信じてそれを失ったとき、心と体が受ける衝撃は、有形物を失ったときと同等――いやきっと、それ以上に大きい。信じていた心までもを裏切られるのだから。

けれど十ほど年下の瞳に強い光を持つ彼に強烈に惹かれ始め、そして彼に触れて、清名は困惑した。自分の感情の名前を知りたくなかったからだ。

梅雨の終わり、でもまだ初夏というには早い、六月の末頃だっただろうか。清名貴史には仕事の合間に立ち寄る先が出来た。本社の近くにあるビルの一階、そこに入ったカフェ・ニナマリーの一店舗だ。

自分がトップを務めるチェーンの一店舗に度々訪れるのはあまり良いことではないのはもちろん承知だが、本社からほど近い店舗な上に、アルバイトスタッフの一人が最近社内で開催した作文コンクールで最優秀賞をとっている。その優秀な働きぶりをみるため、社長が店舗を訪れるのは慣習でもあったから、彼が働くその店舗を訪れる言い訳を作ることは難しくなかった。

清名はその店舗の一角で、珈琲《コーヒー》を飲んでいた。客席の一番隅、柱の陰になっている目立たない席が清名の気に入りだ。恵はカウンターの中で接客中だ。客はOLらしき若い女性の二人連れで、最近キャンペーンを展開しているブレンドハーブティーについて質問を受けたらしい。

「こちらのブレンドはカフェインレスですし、くせもありません。ホットでも飲みやすいので、ハーブティー初心者の方におすすめです」

的確に説明する声が聞こえて来た。はきはきと歯切れの良い話し方がとてもいい。

やがて、トレイを手に恵がカウンターから出て来た。清名の来店には気付いていたようだ。

「やあ、お疲れ様」

「さり気なく普通にいないで下さい」

珈琲のお代わりを持って来てくれたようだ。清名の好みの深煎《ふかい》りのマンデリンが芳香を上げている。

「ありがとう。ここは厨房《ちゅうぼう》からも客席からも死角になってると思ったんだけど」

「この席が見えなくても、店長の様子を見たら分かります。そわそわして落ち着きを失《な》くすから。気の毒だから予告もなくあんまり来ないで下さい。気が強い人じゃないんです」

生意気が微笑《ほほえ》ましいのは、彼の育ちの良さが垣間見えるからだ。そして少しの困惑。どうして自分に構うのか不思議に思いながら、でも構われるのが嫌なのではない。

屋上の縁を歩きたがる小さな猫のようだ。好奇心旺盛で、危ないことが大好き、怖いけどわくわくする。怖いけど近付いてみたい。きらきらと輝く大きな瞳が、こちらの動向を伺っている。

「何か動きはある？　先週からのキャンペーンが気になってる」

「対象になってるハーブティーがよく出てますね。女性全般、それから二十代から三十代の男性が興味を持って下さってるみたいです。梅雨で食欲が下がる時期ですけど、スイーツも動いてます。でもハーブティーはお菓子と合わせておすすめするのがけっこう難しいかなって」

「ハーブティー自体が好みが分かれるものだし、珈琲や紅茶と比べると味も淡いからね。味じゃなくて歯応えがはっきりとしたものをすすめるといいよ。サブレや、果物のパイなんかの焼き菓子が合うかな」

なるほど、と素直に頷く。

大学二年生、十九歳と聞いているが、もう少し幼く見えるのは目の大きさと、体つきが華奢だからだろうか。しかし小さいとか可愛いなどと言ってからかおうものなら、相手を完膚《かんぷ》なきまでに叩《たた》きのめすというような気の強さが分かる。頭の回転も速いし、はきはきとした話し方も好ましい。何より、瞳に力があるのがいい。

大切に育てられた子だな、という印象だ。無責任に甘やかされたわけではなく、大事なことを丁寧に、辛抱強く教えられている。家族の温《ぬく》もりを、太陽の陽射しのようにたっぷりと与えられて育っているから、自分も、他人も同じように大切に出来る。

十ほども下の相手に憧《あこが》れるというのはおかしな話だし、プライベートで話した時間もそれほど長くはない。しかし恵は、清名の心を鷲《わし》摑みにしてしまった。

ことんと音を立て、テーブル上に皿が乗せられた。カンノーリが二つ、行儀よく並べられている。サービスのクリームが形よく、そしてカットしたチェリーのゼリーがちょんと鎮座している。

「これは？」

「疲れてるんでしょう。甘いもの食べると少しほっとしますよ」

「甘いものは、あんまり食べないんだ。疲れてそうに見えたかな」

「多分、そうかなって」

ちょっと首を傾げて答える。

「甘いものを食べないのに、店ではデザートを推してるんですね。どれが美味しいかって、分かるんですか？」

「俺が食べないとしても、優秀なマーケティングチームがついてるし、数字を見れば先の売行きは分かるからね」

「カンノーリ、今人気が出てるんです。見た目が可愛いし、美味しいし。疲れてるときの気分転換に最適なんです。食べてみて下さい、カフェの最前線で働いてる人間の助言、聞いた方がいいですよ」

言い負かされた形になり、清名は肩を竦《すく》めて一先《ひとま》ずカップに口をつける。と、思い切り甘い。清名がお菓子を拒否することは予想していて、こちらにもすでにどっさりと砂糖を入れていたようだ。

「今の顔！　あはは！」

悪戯が大成功したことに恵は大笑いしている。

清名は苦笑いをするしかない。そして、弾けるような笑顔の恵を見ていると、甘い珈琲を飲むよりも甘い気持ちになっていく。

「でも、美味しいでしょ？　甘いのがいつもより美味しいって感じるのはちょっと疲れてるっていうことです。だからやっぱりこれ、食べみて下さい。きっと美味しいから」

笑顔でそう言って、改めてカンノーリの皿をテーブルに置く。そうして仕事に戻るために踵を返した。華奢だけれど、真っ直ぐに伸びた背筋。光の中を歩くような軽い足取り。

「ちょっと待って」

清名は思わず立ち上がり、恵の右の手首を取った。二人の姿はちょうど柱の陰に入り、店内からは一切見えなくなる。

引き留められた恵の顔には驚きと、清名にまだもう少し構って貰《もら》えるらしい、という無邪気な嬉しさと、それより幾分大人びたときめきが見て取れて、だから清名は恵を抱き寄せ、半開きのその唇を奪った。

その唇は久しぶりに食べるお菓子のように甘く柔らかい。ただからかいたくてこの店に来ているわけではなくて、この甘さを味わいたくて、彼に会いに来ていたのだと自分でも分かった。

突然唇を奪われて、恵は真っ赤になって清名の顔を見上げている。赤くなった耳に囁きかける。

「明日は、シフトに入ってる？　今日と同じ時間に」

拒まれなければいいと祈りながら、恵に尋ねた。

「迎えに来る。君に会いたい……二人だけで。嫌なら断っていい」

無理強《じ》いはしたくなかった。だから断る余地を入れたつもりだった。恵が少し傷付いたような顔をした理由が、当時の清名には分からなかった。

「…………嫌じゃないです」

小さな声で、彼はそう答えた。ほんとは待ってた。店に来てくれるのが、すごく嬉しかった。

いっそう小さな声で恵はそう告白した。拙いけれど真っ直ぐな言葉が、胸に染《し》み渡っていく。

血が繋《つな》がった親兄弟にすら本音を打ち明けず、裏工作や権謀術数の日々で、これほどダイレクトな言葉を向けられるのは本当に久しぶりだった。

思えば、最初から完全に敗北していたのだ。太陽の光を、暖かさを拒否できる者などいるだろうか。

誰も見ていないカフェの一角で、もう一度、触れ合うだけのキスを交わした。明日の約束を確認する一番甘い方法だ。恋が動き出した瞬間だった。

自分に恋人を、それもまだ幼く未熟な恋人を持つことが許されるのかどうか、清名には分からない。けれどこの甘さを恵に返すことが出来るなら、その幸福が多分、清名がずっと欲しかったものだ。

【６話　綿菓子と焼きもちと　～秋は真っ盛り、秋祭りの頃　】

「もおお～！　いきなりびっくりするじゃん!!!」

恵は怒っていた。

籍を置く大学の学部講堂、その二階にある控室だ。

現在、大学では学園祭が行われている。その三日目の昼下がり。今日、恵が所属する学部では、若くして社会で名を知られる有名な経営者を招き、「学生時代にしておくべきこと」というテーマの講演会が行われている。

二人目の演者が清名貴史で、そして本人直々の指名によって、その「お世話係」に任命されたと知ったのはつい一時間前のこと。

「出演が決まったのは昨日なんだ。もともと頼まれてたのが友人でね、仕事で帰国出来なくなったらしくて、ピンチヒッターを依頼された。急な公演は引き受けないんだけど、君がいる大学だって気付いてやらせてもらうことにした」

今週は学園祭が行われていることはもちろん恵も知っていた。一年生だった去年は参加したけれど、二年目の今年は気が向いたら後夜祭くらいは行こうかな、という感じだ。サークルに所属している学生は一致団結して楽しむイベントだが、無所属でアルバイト三昧の恵や周囲の友人たちはそれほど学祭活動に熱心ではない。

今日は講義は当然休みで、アルバイトもシフトに入っていない。柴谷や他の友人でも呼んで、部屋でごろごろしながらゲームでもしようかと思っていた。清名は平日、当然仕事だし――そこで午前中、惰眠を貪っていたら、学園祭実行本部にいる友人から電話がかかってきて、急いで学校に来てくれ、お前がお世話係に指名されてる！　と連絡があったというわけだ。

誰に指名されているのか。眠い目を擦りながらそう尋ねたら「カフェ・ニナマリー」の社長・清名貴史だと言うので飛び起きて学校へ駆けて来た。

「やあ、来てくれたんだ」

一人一時間の持ち時間で、息せき切って恵が辿り着いたときには一人目の講演はすでに終わりに近づいていた。

舞台の裏には出演者の控室や音響設備が収められた部屋がある。清名は自分の控室にいて、係の女子学生が湯呑でお茶を出しているところだった。ありがとう、と清名が言うと、お盆を抱えていた彼女は赤面して部屋を出て行った。

「アルバイト先の社長に呼ばれたら来ないと仕方ないだろ、横暴だよ」

悠々とお茶を飲む清名に、恵はむすっとして立ち尽くす。何だいまの。ありがとう、なんて、女の子が赤面するような笑顔なんか見せて。こっちは必死で飛んで来たのに他の子にお愛想振り舞いてんじゃねーよ！

「何だ。何怒ってる？」

「別に、怒ってない」

「せっかくの学園祭だろう。あとで綿菓子を買ってあげるから機嫌を直してくれよ」

「いらないよ、綿菓子なんか！　もう！　子供扱いするなってば！」

「清名社長、お時間です」

式次第を丸めて手に持った男子学生が足早にやって来て、清名を呼びに来た。清名は湯呑をテーブルに置いて立ち上がる。特に緊張した様子はない。この講堂の二階にある第二講義室は中程度の広さで、３００人が収容可能だ。若手の有名経営者ばかりが登壇することで学内ネットでも話題となっているのか、ほとんど座席が埋まっている。

上質なスーツを纏《まと》った長身は舞台に映える。その余裕のある笑顔や立ち居振る舞いに、舞台裏にいた学生たちが顔を見合わせ頬を染めた。

「すごい。大人の魅力ヤバ……」

「俺、あの社長なら抱かれてもいい」

言っておくけど、あれ、俺のですから‼

恵はイライラと傍に垂れた緞帳《どんちょう》を握り締めた。

講演のテーマは「学生時代にすべきこと」。成功者となった登壇者たちが学生時代をいかに過ごしたかだ。

清名は非常に話し慣れていた。出演が急遽《きゅうきょ》決まったとのことなのに、聴衆に臆《おく》することもない。

勉強の話を3割、笑い話が3割、現在の仕事につながる話を4割、というバランスで聴いている学生たちを少しも飽きさせない。皆、目を輝かせて清名の話に聞き入っている。講義のときはどうかしたら8割がた眠ってしまって壇上の教授たちが激怒する場面がたびたびあるのに、ずいぶんな違いだ。

講演が終わると次は学生からの質疑応答だ。就職活動や起業に関するもの、おすすめのコーヒー、恋愛のお悩みなど様々なものが向けられた。

「今度、やっと付き合ってくれた彼女と初デートなんです。どこに行けばいいと思いますか？ アドバイスください」

「初デートにうちのカフェを使ったカップルは必ず結婚する、という言い伝えがあるそうです。今作りましたが、もしかしたらいいことがあるかも知れません。良かったらご利用ください」

笑いが起こって、次は女子学生が挙手する。

「御社の社名であるニナマリーはハーブティーにもありますけど、どうしてこのハーブを社名に決められたんですか？　社長がお好きなんでしょうか？」

「おっしゃる通り、ニナマリーはヨーロッパの空気がきれいな場所で育つ薬草です。春になったら小さな可愛らしい白い花をつける。僕は家庭の事情で幼少期を一時イタリアのサレルノで過ごしました。あちらでは非常にポピュラーな花です。肌や呼吸器をきれいにする作用があると言われているので、高価な化粧品にエッセンスが使われていたりもします」

一呼吸置いて、話を続ける。

「自分と同じ名前のハーブだと言って、ニナマリーを教えてくれたのが当時、近所に住んでいた女の子でした。とても優しい子で、一緒にハーブティーを飲んだのを覚えています」

女子学生が言葉を挟む。

「その女の子って、もしかして、清名社長の初恋だったりします？」

「ええ、彼女が僕の初恋の相手です。いつか彼女に飲んでもらいたくてカフェでの起業を決めたんです。もっとも、彼女の居場所すらもう分からないですし、あちらも僕のことを覚えてはいないでしょうけどね」

苦笑いを浮かべるとそれは傷つきやすい少年のはにかみのようにも見えて、女子学生と一部の男子学生がぽうっと頬を染めた。

一時間が終了して、大きな拍手とともに清名が舞台を去る。舞台袖を出て廊下を挟んだ扉の向こうが先ほどの控室だ。学生たちによりそこに誘導された清名は、傍に立つ恵に目を向ける。

「あとは彼に世話を頼むので、君たちは舞台仕事に戻ってください」

と笑顔で言って、学生たちを控室から追い払った。

二人になってから、やれやれ、といった様子で清名が傍の椅子に座った。恵は何だか落ち着かない気持ちで、彼の横顔を立ったまま見ている。

「……おつかれさまです」

「君もお疲れ様。さあ、綿菓子を買いに行こうか？」

「行かない」

「せっかくの学祭だろう。たこ焼き食べたり、お化け屋敷なんかは見なくていいのか？」

「学祭ももう二回目だもん、興味ないよ」

ぷいと顔を背ける。

「なんだ、機嫌が悪いな。どうした」

「俺、今日は一日柴たちとゲーム三昧の予定だったのに。バイトもないし、久しぶりに一日ゆっくり出来るはずだったのに」

「うん、ごめん。この大学に来るのは初めてだったから、緊張して見知った顔に傍にいて欲しかったんだ」

嘘つけ！　と恵は思う。

全然緊張なんかしてなかったじゃん。

「お、女の子にキャーキャー言われてにやにやしてた！」

「にやにやはしてないだろう」

「でも、嬉しそうだった！　すっごい機嫌良くて、優しくしてた！　いっぱい質問にも答えてたじゃん、女の子ばっかり指名して、ぜひうちのカフェにいらしてくださいとかさ、なんかああいうの良くないよっ」

恵が何を怒っているか分かっていないはずがないのに、清名は苦笑して足を組んだ。

「良くなかったかなあ。俺の評判は俺の社の評判だ。店のお客さんにもなるかも知れない学生さんたちに不味《まず》い対応は出来ないよ」

「それに、それに、初恋の女の子の話もしてた。俺、そんな話聞いてないよ、カフェの名前がその女の子が好きだったハーブなんて、初めて知ったよ」

「待て待て、そんなに怒ることか？」

「お、おこってない……」

怒ってないけれど、胸がもやもやする。

清名の顔を真っ直ぐ見られない。勝手に唇が尖ってしまい、うまく言葉が出て来ない。

清名は微笑した。

「君、嫉妬《しっと》してるのか？」

「しっと？」

思わぬ言葉を聞いて、呆然と恵は立ち尽くす。

嫉妬？　焼きもちを焼いている？　あの女の子たちに。清名に笑顔を向けられた女子学生たちに、そして、初恋の相手である女の子に、嫉妬を感じて面白くない？

「しっとって何？　俺、そんなんしてない！」

焼きもちなんて、そんなはずない。だって、恵は清名ともっと意味の深い行為をしているし、笑いかけて、甘やかして、と言ったらすぐにだってそうしてくれるだろう。

だけど、――だけど、それを他の人に向けないで欲しい。笑顔も優しさも、自分だけに向けて欲しい。独《ひと》り占めしたいのにそうさせてくれないと、何だかイライラするのだ。

それは結局つまり、嫉妬ということ。

「何だ、妙に拗ねて様子がおかしいと思ったら、意外と焼きもちやきなんだな」

「違うよ！　焼きもちじゃないったら！　ん……！」

違う違う！　とほとんど前傾する勢いで否定しているのに、立ち上がった清名に唇を奪われる。抵抗を封じるように腰に腕を回され、体を背後の長机に押し付けられてしまい、おまけにその手のひらが、内腿に添えられ、上下に動く。

「や……っ！　駄目、人が」

「招待してくれた学祭本部には先に挨拶してあるからもう誰も来ないよ。見送りも結構だと伝えてある。もてなしは有難いけど、こちらも宣伝の一環でもあるし、あまり構わないように頼んであるんだ。ただし」

「んっ」

彼の手のひらに、性器の辺りを押し包まれて息が詰まった。しぃー…、と耳元で囁かれる。

「声は我慢して。三人目の講演の真っ最中で、廊下の向こうは静まり返ってる。君の可愛い声がみんなに聞こえるよ」

手のひらは綿パンツの上からやわやわと性器を揉みしだき始めた。もう片方の手はお尻の方に回り、布地越しに割れ目の深い場所を探るように蠢《うごめ》く。恵は大慌てでかぶりを振り、必死に清名の体を遠ざけようと腕を突っぱねる。

「だめっ、そこは……ダメ……」

「どうして？　君はここが大好きなのに」

「声、……人が……、誰か、来ちゃう……っ」

「大きな声を出さなきゃ大丈夫だよ」

ボトムの布越しに、そこを縦に擦られた。布越しの、じれったい愛撫だ。さらに、ちょうど窄まりの辺りにぐっと指を突き立てられて、ずくん、と下肢《かし》に甘い疼《うず》きが生まれる。

「う、うぅ、ん………っ」

テーブルに浅く腰掛けさせられ、清名が前に跪《ひざまず》いた。ボトムの前を手早く寛《くつろ》げられる。彼の意図に気付き、恵は心底慌てる。

「うそ……っ、それ、ダメっ……、………」

「でも、放置するのは可哀想《かわいそう》だ。こんなになってるのに」

清名が下着のゴムを引っ張ると、ぷるん、と勢い良くそれが飛び出して、しかも先端には恥ずかしげもなく潤いを溜めている。

「まっ……！　ほんとにダメ、ここ、俺の大学……！」

「だよな。暴れたり大きな声を出すと人が来るよ。おとなしくしていなさい。そうしないと、大勢に恵がエッチな悪い子だって知られるよ」

「ん、あぅ………！」

いきなり、口に含まれて強烈なフェラチオが始まった。声を出さないように、と立てた人差し指が唇に縦に押し当てられる。

「はぁ……っ、あっ、あ……」

「口を塞いでなさい。こんなにしてるところを見られてもいいの？」

大学で、みんながいる場所でこんなにエッチなことをして、気持ちが良くなって。快感に溺《おぼ》れるその体や表情を、大学の色んな人に見られてしまう。

こんなに性器を濡らして、なんてエッチな子なんだと、指差しされて、批難されて、いじめられて――

「ふっ……！　ん、ん………っ、ん………」

駄目だと思うのに、そんなシチュエーションが脳裏に浮かぶ。恥ずかしいと思うと、体中が敏感になってしまう。口腔をいっそう明瞭《めいりょう》に感じて、呆気なく追い立てられてしまう。

震える指を伸ばし、清名の艶のある黒い髪に触れると、きゅううっと先端をきつく吸われた。促されている。

「ん……ダメ、ダメ……っ、イかせないで、それは、ダメ……！」

一応、学業の場で射精してしまうなんて、絶対にダメだ。

それなのに、再度先端を引き絞って吸い上げられる。もう限界だった。

「あっ……、んん……！」

腰ががくがくと揺れ、勢い良く熱が放出される。

ごくん、と清名の喉が動くのが見えた。

「も……っ、いつも、のまないでって言ってるじゃん」

「可愛い子のは飲みたいんだよ」

「…………でも、だって、…………清名さんは、いいの？」

「俺は大人だから平気だよ。可愛い君を見たらそれで満足だ。それに、最近君はお尻の方にご執心だから、こちらの方の感覚も思い出してもらいたいしね」

そんな風にまた、恵をからかう。

確かに「お尻でイく」、ことにばかり頭がいっぱいになっていた。セックスの間も、そのことが気がかりで仕方がない。清名はもっと単純に快感を楽しんだらいい、と言ってくれているのだ。

「君が俺のために必死でいてくれるのはもちろん嬉しいし、有難いけど俺はただ君の可愛い有様が見られることが一番なんだよ」

キスをたくさんしてくれながら、乱れた衣服を直されて、最後に手の甲にもキスをされる。

恵の体の全部が可愛い、と言外に伝えてくれている。

そして長机の上から降りるのを手助けしてくれた。絶頂に達したばかりで、足元をふらつかせている恵を支えてくれながら、会館を出て駐車場へ向かい、彼の車で家まで送ってくれると言う。

すぐ近くだから別に送ってなんてくれなくていいけど。でも、それよりも、一緒にいられるのはやはり嬉しいし、それに……尋ねたいこともあった。

「講演会って、緊張しないの？　今日だって突然話が来たんでしょう？」

車が発進し、助手席から恵は尋ねた。学園祭の喧騒《けんそう》が遠ざかっていく。大学の敷地で花火を上げたり、昼間から飲酒するバカもいるというが、やはり非日常のお祭り騒ぎが大学全体を賑《にぎ》やかにしていた。

「緊張？　しないなあ。こういう仕事だともっと大勢の前で話すこともままあるしね」

「そのとき、やっぱりいろんな質問が来る？　今日みたいなのも？」

「まあいろいろ聞かれるよ。数字――経営のことが主だけどね」

つまり社の収益や業績について説明を求められることが多いのだろう。もちろんそういうことが彼の本来業務なのであって、そのとき、相手が好意的な聴衆とは限らない。責任の追及や詰問だってあるのだろう。

だから好き勝手に話せて楽しかったよ、と言ってくれて、それは恵だってもちろん嬉しいのだけれど。

なかなか尋ねたいことの核心に近づくことが出来なくて、ちょっといらいらする。

「ふ――――ん」

「どうした？　綿菓子を買わなかったから機嫌が悪いのか？」

「だから、綿菓子はいらないってば！　何でそんなに綿菓子にこだわんの⁉」

「日本のお祭りで綿菓子は定番なんだろう。それに君と綿菓子の組み合わせって似合いすぎて微笑ましいって思って」

どうして機嫌が悪いかなんて分かってるくせに。

直前になって講演会を知らされてびっくりしたこともあるけど――――会えたのは嬉しかったけれど。誰に声を聴かれるとも分からない控室でいやらしいことをされたこととか、きゃあきゃあと芸能人にでもするみたいに熱いまなざしを送っていた女子学生たちにも何だかむかつくし、でもそれよりは――――

どうせ彼は、恵が我慢し切れずに尋ねてくるのを待っているはずだ。

「初恋の女の子。どんな子だったの？」

聞くのが悔しいけど、聞かずにはいられない。

本当にバカみたいだと思う。子供の頃の話だって分かっているけれど、社名に使うくらいに彼が好きだった女の子がどんな子だったのか気になって気になって仕方がないのだ。

清名はハンドルを手に答えた。

「ああ、あれは嘘《うそ》」

「ええ？」

「社名の話だろ？　作り話だよ」

平然とそんな風に言うので、恵はぽかんと清名の横顔を見詰める。

「ひどくない⁉　それ！　みんな感激してたのに」

ははは、と清名が笑う。

「商売には美談が必要だからね。今の消費を決めるのは女性だから、女性の心を摑むようなエピソードは大事なんだ。殺伐と金稼ぎばかりしていると、そっぽ向かれてしまう」

それは、そうなのかも知れないけど。経営者として、必要な嘘なのかも知れないけど。

何だか納得が出来ない。それに少し怖いと思う。恵との関係もそういった要素があるのだろうか？　本当の気持ちがなくても、彼は恋を語ることが出来るのだと思うと、少し不安になる。

「母だよ」

不意に言われて、恵は清名の横顔を見た。すっきりと整ったその横顔に、夕方の街のオレンジ色の光が射しては流れていく。

「ニナマリーは母が好きだったハーブだ。俺が子供の頃に亡くなった。体だけじゃなくて心も弱い人で、俺を生んでからはサレルノで療養してたんだ。兄たちは日本にいたけど、まだチビだった俺は母親のもとに送られた。療養なら国内でも良かっただろうに、そうすると父が好き勝手出来ないし、度々会いに行かないといけないからって面倒だったらしい。だからあえて遠ざけた」

「好き勝手……？」

「父にとっては、愛情があった上での結婚じゃなかったからね。母は臨終の間際まで、父が傍に来てくれることを信じていたけれど」

何か複雑な事情があることは恵にも察せられた。彼は綿菓子が売られている日本のお祭りに参加したことがない子供だったのだ。大きな企業の経営者一族で、恵のようなごく一般家庭で育った「庶民」には理解できない物語があるのかもしれない。

「最期の方はもう、ベッドから起き上がることも出来なくて、気に入ってたニナマリーのお茶が入ったときだけ、テラスに出て来てくれる。少し甘くて、清涼な香りの薬草だから、塞いでいた気持ちも楽になったんだろうね。珈琲や紅茶も美味いけど、どちらかというと元気なときの飲み物だから。弱った心や体が少し楽になるような飲み物を出す、そんなカフェがあるといいなと子供心に思ったんだよ」

大切な思い出だけれど、肉親の死に関わるようなエピソードだから、表立って話すことはあまりしない。幸福な旅立ちをした人ではないから猶更だ。だから普段は母親のことは口にしない。明るい初恋のエピソードを創り出して隠している。

受けた傷に包帯を巻くように、あまりにも上手に隠してしまって、だから彼自身にも分からなくなっているのかも知れないけれど。母親の不幸は未《いま》だに彼の心にダメージを与えていて、愛を信じることが出来なくなってしまった。そんな風に考えるのは単純すぎるだろうか？

尋ねてみたい。でも、彼の心の痛い場所に触れてしまったらと思うと、怖い。

「……………ごめんなさい」

「どうして」

「初恋の話を聞いて、拗ねた態度、取ったから……」

「焼きもちをコントロール出来なくてむくれてる君は最高に可愛かったよ。あんな場所で襲いたくなるくらいね」

そこで恵の住むアパートに着いた。

触れるだけの軽いキスをもらって、恵は車を降りる。清名はこの後、オフィスに戻ると言っている。この後も仕事があるのだと言われなくても分かる。学生たちのお祭り騒ぎに付き合った分、夜の時間でフォローするのだ。

ウインドウガラスが下りて、清名が言った。

「また連絡をするよ。次はゆっくり過ごせるように時間を作る。もぎたての葡萄《ぶどう》や梨《なし》が食べてみたいって言ってたろ、少し遠方に遊びに行こうか。美味しいお弁当を持って」

「……ほんとのこと？」

「ほんとのこと」

優しい返事。だから恵は、ねえ、と彼に声をかけた。

「お母さんのこと、聞いて良かったのかな、俺。秘密にしてるのに」

「もちろん。君には知っていて欲しかった。君は特別だから」

あっさりと、そんな風に言って、清名は車を発進させる。後には秋の終わりの涼やかな風が吹き渡った。

ずるい。本当に、ずるい人だ。

愛なんて存在しないと言うなら、今、恵の胸を満たしているこの感情は何だというのだろう？　疑問と切なさを残して風のように立ち去る、大好きなその人をずるいと思った。

【７話　彼と紅茶と焼き立てのカヌレ　～秋の終わり】

「柴‼　大丈夫か‼」

恵は大急ぎで柴谷の部屋に飛び込んだ。

「うう、恵《めぐ》……」

柴谷は情けない顔でベッドの上に腹這いになっている。

「ぎっくり腰を起こして動けない」、とスマートフォンに連絡が入っていたが、アルバイト中だったためチェックが遅れた。メッセージを見て大慌てで飛んで来たのだ。

「ごめん、呼び出して……ぎっくり腰まじヤバい……」

枕に顔を埋めてめそめそしている。大学一のモテ男と呼び名の高い存在なのに、なんと情けない有様だ。

柴谷とは中学校で友達になって以来仲良しで、同じ高校から大学に進学した。学部も同じだ。

地元にいた頃から異性、ときには同性にもモテてモテて、好きなだけ食い散らかしていたが、恵とはごく普通の友人関係を続けている。

この部屋にも何度も泊まったことがあるし、深い意味ではなく何度も眠ったベッドの傍《かたわ》らで胡坐《あぐら》をかいた。喧嘩したことも忘れて大急ぎでやって来たのにぎっくり腰か。命に関わりはなさそうなのでほっとしたが。

「何やってたんだよ、もお、びっくりするじゃんか」

「部屋に女の子遊びに来てて、ヨガやってるとかですっごい体柔らかくてさ。なんか色々やってもらったりやったりしてるうちに、変な姿勢になってたみたいで、腰にばしって雷落ちたみたいな感じがあって、それから激痛で動けなくなった」

「ぎっくり腰って魔女の一撃とか言うらしいぞ。病院には行ったのか？」

「来てもらった」

「往診？　してくれるところこの辺にあったっけ」

「前に医者と付き合ってたって言ったじゃん。整形外科医だったからラッキーだったわ」

「んじゃそのまま看病してもらえばいいだろ。何で俺を呼ぶんだよ」

「女に長居されるの嫌いなんだよね。恵は気を使わないからいいけど」

あっそ、と恵は呆《あき》れ果てる。

女子の皆さん、こんな男のどこがいいんでしょう。

確かに見た目はモデルばりだし、頭もいい。料理を作らせたらけっこう上手だし、器用だし、きれい好きだ。でも恋愛に関してはとんだクズですよ？

「とにかく湿布貼って安静にしてるのが一番だって。三日間動くなって。バイトのシフトは何とかしたから代返だけ頼む。木曜日の経戦Ⅱの授業、もうこれ以上サボれないんだよ」

「そりゃいいけどさ。あーあ、お前これ、きっとバチだよ。女の子に不誠実なことばっかりしてたから、因果応報だ。しばらくおとなしくしておけよ」

「せざるを得ないよ。腰動かすとか絶対無理。死ぬ。あー三日間禁欲生活かあ……」

「心配して飛んで来たのに、気になってるのそこかよ」

「だって毎日食べてる好物を三日間食べるなって言われたらめっちゃきつくないか？　断食と同じ…って考えたら、いい機会なのかな。禁欲明けを楽しみに待つか」

とはいえ、強制的にオナ禁とかきつすぎ……と嘆いている柴谷に、恵は首を傾げる。

「楽しみって？　何で？」

「三日断食した後だと、何でもないお粥《かゆ》がめちゃくちゃ美味く感じるって言うだろ」

「断食した後は、粗食でも美味しくなる、と……ソレダ！」

恵は天啓を受けた気持ちになり、勢い良く立ち上がった。

「俺も禁欲生活してみる」

「お前はぎっくり腰やってないじゃん」

「ぎっくり腰のためじゃなくて、清名さんとの約束果たすためだよ」

禁欲生活を厳格に果たし、それが明けて初めてのセックスは、どれほど気持ちがいいだろう。

いや、清名とのセックスは、いつもすごく気持ちいいのだけれど…でも、それを一定期間断《た》って、敢えて自分を飢えさせたら。断食明けの味覚が研ぎ澄まされて、塩一粒でも美味に感じるように、恵の体もいつもよりもっと研ぎ澄まされる。

「お尻でイけるようになるために、性欲を断つ！　禁欲生活を断行する！」

「へーえ。何日？」

「えーと、食べる物じゃないから多少長くても死なないよな。二週間くらい楽勝じゃね？」

「絶対無理だっつの」

柴谷は呆れていたが、恵は自信満々だった。


「禁欲生活？」

その日の夜、レストランで一緒に夕食を摂った後、清名は恵をホテル上階のバーに連れて行ってくれた。

夜景を映えさせるため、間接照明がぎりぎりまで絞られた薄い闇の中で他の客も、立ち働くウェイターもシルエットとして存在する。二人だけの空気を作りやすい場所だ。

座り心地のいいソファに長い足を組んで座り、清名はラガヴーリンをロックで飲んでいる。恵は南の果物がたくさん飾られたトロピカルドリンクだ。

「ふうん、この後も禁止っていうこと？」

この後清名が取ってくれている部屋に行くのがいつもの流れなのだ。恵はグラスに飾られたチェリーを指に取り、口に入れる。

「もちろん禁止。俺、自分でするのだって我慢するんだから、清名さんとも二週間はしないんだ」

「俺はともかく、恵の歳で二週間禁欲ってつらくないか？」

「べっつにー。愛のためだもん、大したことないよ」

「愛のためっていうなら、今から俺の相手をして欲しいな」

胸元に伸びて悪戯しようとする指をぺん！　と叩いてお仕置きをした。

「なんか、柴が言ってたけど、俺がイってるときって、清名さんの方もすごく気持ちがいいんだって。二人でしてることだから、片方だけが気持ちいいんじゃないんだって」

「ふうん、そう」

恵の話を面白そうに聞いているが、真面目に受け止めてくれていないのは、その表情で分かる。

「ねえ、何でそんなやる気ないの？　ちゃんとやる気出してよ！」

「今やる気を出されちゃ困るんだろ？　二週間お預けなんだから」

あっさりと言い負かされてしまって面白くない。だから改めて釘《くぎ》を刺す。

「当たり前だけど、清名さんもしないでよ。浮気なんかしたら、呪《のろ》いをかけるからね」

はいはい、と清名は笑った。

それが五日前の会話だ。そして五日後、すでに恵は自分の思い付きを大きく後悔していた。

「このままだと解脱してしまう……」

二週間どころか禁欲生活が始まって二日目あたりから、すでに恵は落ち着きを失っていた。何をしていても、じわじわと下半身から何かが湧き立って落ち着かない。約束を破って、自分でちょっと触ってみてもいいかなと思う。きっとばれることもないだろうし——いや、本当にばれないだろうか。あちらはちゃんと確認したことはないけれどかなり経験豊富だ。となると、恵のちょっとした反応で、恵が自分でしたことに気付いてしまうのじゃないだろうか。

自分から言い出した手前、禁欲生活が守れなかったなんて恥ずかしい。

でも、大学の授業もあるし、アルバイトもあるし、こんなに落ち着かない気持ちでは困る。自分の部屋のベッドの上でもやもやする気持ちを抱えて、それでとにかく清名に相談してみようとメッセージを送った。禁欲生活から五日目の今日のことだ。

今日、会いたい。会うだけ。ごはんを一緒に食べるだけ。

でもきっと会ったら、清名は食事の後にも誘ってくれるだろう。禁欲生活なんて馬鹿なことはやめておけよ、きっと体に悪いよ。そう言って笑ってくれるに違いない。そうしたら恵は仕方なく、禁欲を破ることになる。

ところがかかって来た電話での清名の返事は、これ以上なく期待外れなものだった。

「ごめん、今日は無理だ」

「えっ　どうして⁉」

「今、急な出張でシンガポールにいるから」

「シンガポール⁉　なんで、嘘だよね⁉」

嘘じゃないよ、と彼は通話をカメラに切り替えた。ホテルの部屋らしき様子が映って、次に窓ガラス越しのマリーナベイ・サンズの有名な舟形シルエットと、シンガポールフライヤーが夕日に照らされて回転しているのが見える。

「わあー、きれい……じゃなくて！　何で⁉　出張なんて聞いてない！」

恵もカメラに切り替え、ぎゃんぎゃんと怒った。ひどい、こんなに会いたいのにそんなに遠くにいるなんて。

「こっちに会社を持ってる大叔父《おおおじ》に急に呼ばれたんだ。うちの親族会議の時期が近いから、色々解決しておかないといけない問題があって」

もちろん、彼が多忙であることも、彼が大変な一族の一員であることも知っている。年功序列が厳しく、年長者には絶対服従だということも。

だから、我儘《わがまま》を言ってはいけないと思うけれど。たとえば喉が限界まで渇いているとき、じきに飲めると思った水を遠ざけられるのはつらい。

「じゃあ、いつ帰ってくるの……？」

「明後日《あさって》だ」

「明後日!? ……二日後っていうこと？」

あと二日もセックスできないということだ。

「そんなの、我慢できないよ……っ、だって今すぐもう」

清名さんとしたいのに。立てた膝をぎゅっと合わせて、顔を伏せた。

出来ないと分かると、ますます欲求が増してしまう。この欲求に、あと二日も耐えなければならない。

「ジェットを手配するから今からこっちにおいで。プライベートだからすぐに出られるよ」

「パスポート、実家に置いてあるから無理……っていうか、東京から清名さんがいるところまでどれくらいかかるの？」

「八時間くらいかな。諸手続きや移動もあるから、九時間はみておいた方がいいか」

「絶対やだ、そんなの」

九時間。半日にも満たない時間だけれど、今は途方もなく長い時間に感じられる。その間、おへその下で大暴れしている欲求を抱えて、外国に移動する。

絶対に我慢出来ない、と半泣きで訴えた。清名が溜息を吐いた。本当にバカな奴だと呆れられたのかと思い、恵は体が縮まるのを感じた。

「仕方ないなあ。じゃあ服を脱いで」

「え？」

「このまま見ていてあげるから、自分でしてご覧」

それを聞いて、恵はぽかんと画面越しの清名の顔を眺めていた。数拍の後、その意味が分かった。

彼の目の前で、カメラを通して自慰をしてみろと言っているのだ。瞬時にして顔に血が上るのを感じる。

「やだよそんなの‼」

「じゃあ、あと二日間我慢出来るか？　頼むから浮気はしないでくれよ」

「そんなのしない……でも、二日間もなんて、がまん出来ないよ。だってひどいよ、勝手にシンガポールなんて行ったくせに」

「うん、ごめん。さっきも言ったけど、急に決まったんだ。二週間の禁欲って聞いてたから、まだ日数があると思ったんだけど」

こんなに早くに求められるとは思わなかったから、と言外に言われて恵はいっそう恥ずかしくなる。

「俺の判断ミスだった。何とか力になりたいから、心を込めて君の自慰を手伝うよ」

優しい言葉を重ねて、ん？　と促されたら、もう拒むなんて出来ない。

五日間、本当にすごく我慢したのだ。こうして彼の声を聴き、顔を見ていると、彼との行為が思い起こされて、その誘惑は振り切ることなんて到底出来なかった。

恵はベッドに上がった。自分の行為がすべて彼に見えるよう、スマートフォンを枕で支えるように角度を調節して置き、壁にもたれてシーツの上に膝を立てて座った。

しばらく躊躇ったが、自慰を始めるために、ボトムを下着ごと下におろす。すると、性器が弾むような勢いで下着から飛び出して来た。しかも透明な先走りが溢《あふ》れて、先端がうるうると濡れてしまっている。その様子は、カメラの向こうの清名にもよく見えているようだ。

「そんなになって可哀想に」

頬がかあっと赤くなるのを感じる。

「どれくらい濡れてる？　指で先端を少しすくって俺に見せてごらん」

恥ずかしさで震える指の腹で、そっと先端のくぼみに触れてみる。

「んっ……」

くちゅ、と音がした。先端の切り込みを押し広げるように指腹を食い込ませる。とろりと銀色の糸を引いて零れ落ちた。

「糸を引いてる？　とろとろだね」

「…………」

「どうしようか？　いつもは、どんな風にしてるの。恵がいつも、一人でしてることを見せて」

「いつもの……？」

カメラと、自分の手元を交互に見比べた。そして、おずおずと彼の言葉に従う。

「ん………っ」

清名が見ている。その熱い視線を感じながら、性器を手のひらで包み込む。先端の潤いを長い部分まで塗り広げるように縦に手を動かしてみる。

「あっ、あっ」

恥ずかしい声が漏れて、体を小さく丸める。自分で触れるのは五日ぶりだ。

禁欲生活の前は、ほとんど毎日、こうやって触っていた。清名と会った日は十分以上に満たしてもらっているはずなのに、何故か逆にもっと体が熱くなって、別れた後、一人になるとこうせずにはいられなくなる。

くちゅくちゅと音を立てて扱《しご》かれる性器のその先端が、ストロベリーキャンディのように真っ赤になっていることに、清名は気付いたようだ。

「真っ赤だね。俺がいたらそこを口でしてあげたいけど…唾液《だえき》をたっぷりと舌に溜《た》めて、キャンディみたいに先端の丸みを下から上に舐め上げる」

「やっ……や」

恵はかぶりを振る。彼の口の熱さ。唾液が絡まった舌のざらつきの感触を思い出して、手の動きが速くなる。手のひらで擦り立て、ときどき、濡れた親指を使って先端の丸みに体液を塗り付ける。そうすると、内腿から会陰まで、細い快感が走り抜けていく。

自分の自慰の仕方を、彼にすべて見られている。恥ずかしくてならないけれど、五日ぶりの感覚で、気持ちが良すぎて——それに、彼の視線を感じながらの自慰は、まるで彼が与えてくれる前戯にも似ている。だから恵はすっかりこの行為に夢中になってしまっていた。

それなのに、清名は手を止めるように命令した。恵は驚いて、画面に向かってかぶりを振る。

「い、いや……」

清名の手のひらを想像しながら、ここを扱いているとすごく気持ち良いのに。

必死で首を振るので、髪がさらさらと音を立てる。止められたくなくて、追い縋《すが》るように手の動きが速くなった。

「やだ、する、このましたい……」

「恵。いい子だからそこから手を放して、膝を開きなさい」

「あ、んっ、いや……っ、やだぁ……」

快感に溺れている恵を、清名は優しく叱咤《しった》した。

「気持ちいいのは分かるけど、単純な自慰じゃないんだよ、俺が見てる。俺とのセックスだ。一人だけ気持ち良くなるんじゃなくて、俺が気持ち良くなるように頑張って欲しいな。そうしたらもっと気持ち良くしてあげるよ」

もっと、気持ち良く。蕩けさせてもらえる。

五日ぶりのこの自慰が、さらにもっと気持ち良くなる。

「ほんとに……？」

「もちろん。君の気持ちがいい場所を、俺は全部知ってるよ」

君自身よりもね。彼の声に頭がぼうっとする。羞恥より、今はもう快感への渇仰が強かった。恵は甘いお菓子につられる小さな子供のように、恵は何度も頷く。

「じゃあ、す、る……」

呂律《ろれつ》が回らないまま、清名に応えた。

「じゃあ足を開いて。恵の一番可愛いところを俺に見せて」

「ちゃんと、する……」

「ん……」

おずおずと足を開く。ふわっと湿度の高い熱が立ち上って、自分がどれほど濡れて熱を高めているか、嫌でも自覚させられる。清名は恵の恥ずかしいそこをじっと見つめ、微笑している。

「画面越しにもピンク色なのがよく分かる。君の体は本当にどこもきれいだ」

「いや……」

きゅ、とそこに力が入った。

「指は、まだ濡れてる？」

「………ん」

「いい子だ。じゃあその指で、君のお尻を触ってご覧」

きっとそう言われると分かっていたし、それを期待していた。

自分の体液で濡れた指を、そこに添える。指の腹を押し当てた。

「ああ……」

表面をそっと撫でただけで、思わず歓喜のため息が漏れた。しかし細くよった襞《ひだ》はきつく締まっていて、外からの侵入を少しも許さない。自慰のとき、清名には内緒だけれどもちろんここにも触れる。清名にセックスを教えられてから、そうせずにはいられなくなった。けれど、恵の指では物足りないことが多い。長さも、太さも足りないのだ。それでも今の状態では、固い窄まりは一本も指を受け入れてくれそうにない。

「指、まだ……、はいんな、い………」

「うん、少しずつ解いていこう、やり方を教えるよ。すごく狭いし傷がつきやすい場所だから気を付けて。本当は、口と舌で時間をかけて解していくのが一番いいんだけど」

くすっと清名が笑った。

「次に会ったとき、たくさん舐めてあげようか」

「やっ」

体がびくんと竦む。それは恵がまだ絶対に許していない愛撫だ。

何度か施されそうになったが恵は全力で拒んだ。彼はまだ、愛を認めていない。こんなことは、そんなにも際どい愛撫は、ちゃんと愛してる相手にしかしてはいけない。だから絶対にダメだ。

「たくさん舐めて、たっぷり唾液で濡らすよ。ふやけて柔らかくなったら舌をうんと奥に押し込む」

「やだ……っ」

まるで今、そうされたみたいな官能が湧き上がった。彼は今、外国にいるのに、彼の指も、唇も全部知っているから、それがどんな風に恵の窄まりを可愛がるかはっきりと分かる。

想像しただけで吐息が乱れ、性器がいっそう濡れた。溢れた透明な滴りが足の間をどんどん濡らしていく。その雫《しずく》を指に絡め、片手の指の腹で窄まりの表面をそっと寛げた。少し粘膜がめくれ上がる。清名がそこを見詰め、指を入れてごらん、と言ったので、恵は彼に従う。指を、窄まりに押し入れた。

「ああっ………！」

そこは信じられないくらい柔らかくて、熱くて、ゆっくりと人差し指を飲み込んでしまう。

「………うっん………ん、ん……」

「ふうーん、『めぐちゃん』は一人のとき、そんな風にして楽しむのか」

「やっ……、ちが、ちが、う………」

「違う？　その割には指使いがずいぶん上手だよ」

「………イヤ……っ」

言葉でいじめられて、弄《もてあそ》ばれて、恥ずかしいのに彼を思う指の動きが止められない。恥ずかしいのに、いけないと思うのに、どうしてこんなに気持ちが良くなってしまうんだろう。

「指は一本でいいの？　いつもはもっとたくさん欲しがるのに」

「やだ、やだ、ダメ……っ」

足りないはずだと唆《そそのか》されて、無意識のうちに指をもう一本、増やしていた。だんだん手の動きが速くなる。ちゅく、ちゅく、とリズミカルな水音が立つ。この音も、清名に聞こえている。清名を欲しがっている体のすべてを見られてしまっている。

「全部丸見えだ。ちゃんと根元まで指が入ってるね。気持ちいいの？」

「ん、気持ちい、……っ、きもちいい……」

びくびくと痙攣《けいれん》が始まった。もっともっと快感が欲しくて、指を咥《くわ》え込む一方で、真っ赤に充血した性器は手のひらで包み込み、愛撫する。

「きもち、い………ん、んっ」

「俺のときよりもっと気持ちがいい？　君の指に嫉妬しそうだ」

「違うよ……っ」

恵は半泣きで清名に訴えた。

彼に命じられて、動かしている指も、手も、とても気持ちいいけれど。

「清名さんとじゃないと、清名さんじゃないと……、やだ……」

彼の名前を呼ぶと、腹の奥がずくんと疼《うず》いた。その疼きに触れようともっと奥に、激しく指を送り込み、性器を扱きたてる。ぱちゅぱちゅという水音と、手のひらと双丘の皮膚が打ち合う音が聞こえる。

「やっ、あん……っ、あっ！　あっ！　あん！　いく、……い、く、も、いっちゃ……」

手を動かすことはやめられないまま、とうとう絶頂が近づく。性器への愛撫と一緒に奥を突き、とうとう恵は自分の膝に額を押し付けて達した。

五日ぶりの絶頂だ。飢えていた分、確かに、いつもよりいっそう、すごく、気持ちがいいけど――

「はあ……、はぁ……」

いつもなら、前髪をかき上げて、それから額にキスしてもらう。まぶたと、まつ毛の先にも。少しふざけて鼻先を甘噛みした後、深く口づけられてお互いの充足を確認し合う。

五日間の禁欲明けの、清名に見守られての自慰だってそれは、気持ちがいいけれど。やっぱり彼とのセックスの方が、絶対すごく気持ちがいい。

「上手だった。可愛かったよ、恵。参ったな、そんな姿を見せられてこっちが我慢出来なくなりそうだ」

「だめっ」

自慰というにはあまりにも強い快感を得た直後で、このまま横たわって眠ってしまいたい。でも、恵は少しだけ不安になって、それを清名に告げた。

「……他の人と浮気、しないで……」

「しないよ、馬鹿だな。こんなに可愛い君を見せてもらった後で、他の人としようなんて思わないよ。俺が帰るまであと数日。もう一度禁欲生活を送ってくれるかな。浮気はするなよ」

「しない……その代わり」

恵は照れ隠しで、清名に我儘を言ってみた。

「TWGのブラックティー……」

ん？　と清名が優しく尋ねた。

「お土産で買って来て。ミルクティーにして飲みたい。スマホ越しじゃなくて、清名さんと一緒に飲みたい」

「君のお気に入りのお茶だね。分かった。手配しておくよ」

どうしてかその声が少し笑っていて翌日。

恵が指定したティーパックと、美しい木香薔薇《もっこうばら》の図案のティーポットとカップが空輸で届けられた。

そして帰国を待ち侘《わ》びていた「本体」が「届いた」のはその次の日のことだ。恵はねだった紅茶に合うカヌレを用意しておいた。

二週間の禁欲生活は果たせずに終わってしまったのだけれど——異国のお茶の香りとともに恵は心も体も満たされたのだった。

【 8話　眠り姫とりんごのガトーショコラ　〜秋が終わってそろそろ冬の気配 】

彼が仕事をする部屋の扉をそっと開ける。

「ねー、清名《せいな》さん、まだ寝ないの？」

「ごめん、もう少しだけ待ってて」

中途半端に開けた扉にもたれ、恵《めぐむ》は唇を尖《とが》らせる。三十分前に尋ねたときも同じ返事が返って来た。

寝室に誘っているのは本当に眠いから、なわけはない。

今日は、この清名の部屋に「初めてのお泊まり」だ。

アルバイトが終わったところに清名の車で迎えに来てもらって、途中、中華料理をテイクアウトした。清名が開けてくれたワインと果物のジュースを一緒にテーブルに並べ、大画面のディスプレイで最新の映画を観ながら夕食を食べた。

清名は普段、学生では入ることが出来ないようなレストランやバーに連れて行ってくれたりもするけれど、こういったカジュアルな食事は付き合いの長い恋人同士みたいで、すごく嬉《うれ》しい。こんな風にこなれた時間を過ごし、彼のテリトリーで、いつも以上に寛《くつろ》いでセックスする。今夜はいよいよ行くべきところに行けるかも知れないと恵は期待していた。

食事のあと、清名は少し仕事があるから好きなように過ごしていて、と書斎に入ってしまい、恵は一人でバスを使い、借りたパジャマに着替えた。

想像していた通り、清名が一人住まいする居室は贅沢《ぜいたく》なものだった。モダンな内装に、装飾のないシンプルなインテリアが配置されている。機能美、というべき空間だ。それが寒々しく感じないのは色彩や照明に凝っているからだろう。今まで知らなかった彼のプライベート、彼の日常生活があちこちに垣間見える彼の部屋。一つ一つを手に取って検分してみたいけれど、何しろ「初めてのお泊まりだ」。もっとしたいことがあるに決まっている。

それでこちらはもう準備万端だというのに、清名は部屋から出て来ない。

だから、恥を忍んで催促に来たのだけれど。

「清名さん」

背後からそっとしがみつく。

ん？　とタイピングするタブレットから目を離さず、清名は問うた。恵はじれったい気持ちになって、とうとう直截に清名を誘う。

「もう、したい……」

顔が火を噴くほど恥ずかしい。

だから、すぐに一緒に、寝室に来て欲しい。それなのに。

「恵、ごめん。寝室でもう少しだけ待っててくれるか？　どうしても手が離せないから」

鼻先にちゅ、とキスをくれた。

ちらっと見えたけど、モバイルの画面にはヨーロッパのものらしき教会の画像が何枚か映し出されているのが見えた。清名の仕事と、教会にはあまり関連性がないと思う。仕事ではなくプライベートの用事で、誰かとチャットをしているらしい。旅行の計画を立てているのだろうか？　こんな日に？　と頭に来る。それで足取りも荒々しく書斎を出て、一人で寝室のベッドに飛び込んだ。

「恵？」

清名がようやく寝室にやって来たのは、それから小一時間後だった。

恵はベッドに入って体を丸め、扉とは逆方向を向いたまま寝たふりをした。

「寝たのか？」

腹が立ちすぎて全然眠れない。でも絶対起きてやらない。

誘うのに、どれだけ勇気を出したと思ってるんだ。せっかく泊まりに来たのに、初めてのお泊まり、なのに。夜になって放置するなんてあんまりだ。

だいたい、「お尻だけでイく」件だって清名はいつも非協力的で、恵ばっかりが必死で、本当に頭に来る。だから今更しようって言われても絶対しないから。

清名はベッドの縁に腰掛け、恵の寝顔を見下ろしているようだ。首の下に手を入れられてころんと転がされた。仰向《あおむ》かされたが目を閉じ、寝たふりを続ける。

「眠ってるのか。せっかく一緒に食べようと思ってガトーショコラを用意して冷蔵庫に入れておいたんだけどな。焼きりんごのスライスが挟み込まれていて、しっとりしたチョコの生地に合う。君が大好きな生クリームもたっぷりのせてあるよ」

何それ、美味《おい》しそう。

思わず生唾《なまつば》を呑《の》み込んでしまいそうだったが堪える。

「美味しいお菓子でもダメか。じゃあ仕方ないな」

恵の顔を覗《のぞ》き込んだまま、残念そうに溜息《ためいき》をつく。

え？　仕方ないの？　そんな簡単に諦《あきら》めちゃうの？

思わず飛び起きそうになったが、出来なかった。右の胸にいきなり甘い電流が走った。

「…………っ」

パジャマの上から、いきなり右の乳首を甘噛《あまが》みされたのだ。

「っん、ん」

「起きたか」

恵は慌てて口を噤《つぐ》む。

……起きてない。悔しい。絶対気持ち良くなったりしないから。

清名はゆっくりと恵の上へと覆《おお》い被《かぶ》さった。間近で顔を見られている気配を感じる。

「恵？」

自分のまつ毛が、細かく震えているのが分かる。それにはきっと気付いているに違いないのに、清名は恵を「起こしに」かかる。とてもいやらしい方法で。

さっきパジャマ越しに舐《な》められた乳首を、また下から上へと舐め上げ始めたのだ。悩ましい愛撫《あいぶ》を受け、そこがグミのように固く凝《しこ》って、いっそう敏感になる。布越しなのに、清名の舌の感触がはっきりと分かるくらいだ。それなのに、濡《ぬ》れた布ごときゅうっときつく吸われると堪《たま》らない感覚が細く甘く、胸から内腿《うちもも》までを走り抜けた。

「……っ、ん……や……っ」

恵は自分の失策に気付いた。

眠っているのだから、何をされても抵抗出来ない。パジャマのズボンが引き下ろされても、抗《あらが》うことが出来ないまま、あっという間に丸裸に剝《む》かれてしまう。清名のものを借りているのでサイズが大きく、脱がしてしまうのは容易だ。

胸の尖りはどうしようもなく露《あらわ》にされてしまい、お尻《しり》だって剝き出しだ。どうしよう、こんなにも無防備な格好にされてしまった。

動揺する恵とは裏腹に、清名は今度は直接乳首を口に含んだ。吸い上げるように軽く引っ張り、弾力でぷるん、と弾ませるともう一度口に含む。もう一度吸い上げ、弾ませる。

「っん……っ……、……」

それを何度も何度も繰り返された。乳首が清名の唇から解放されて弾《はじ》けるときの反動が、どうしようもなく濫《みだ》りがましく体に響き、どうしても吐息が震える。

「こんなにしても起きないなんて」

清名が感心したように呟《つぶや》く。さんざん意地悪をされて固く尖り、桃色に充血した乳首をぴんと弾いた。

「っ」

「よっぽど疲れてるんだな。子供の眠りは深いっていうけど本当みたいだ」

子供じゃないし！　抗議したいけれど、代わりに唇から漏れたのは小さな喘《あえ》ぎ声だ。乳首からおへそへとキスが移動する。

「あっう、ぅん……」

「機嫌を直して起きて欲しいな。そうじゃないと、このまま入れてしまうよ」

少し乱暴に足首をつかまれて、びくっと体が竦《すく》んだ。

さらに彼の腰を、パジャマ越しに足に押し付けられる。布越しにもはっきりと分かった。彼の情熱が、固く、熱くなっている。

どうしよう。起きている、と言って降参してしまおうか。今更だろうか？　でも悔しい。せっかく泊まりに来たのに、恋人の家に泊まりに来て、一番のイベントをすげなく遠ざけたくせに。

心の中で文句をたくさん言っている間に足を割りさかれ、深く折り畳《たた》まれる。彼の腰が強引に割り込んだ。恵は全く抵抗出来ないのだから、人形にするように容易なはずだ。さらに彼の先端が恵の柔らかい窄《すぼ》まりに擦《こす》り付けられ、恵は焦った。

どうしよう、どうしよう。

清名を受け入れるこの姿勢——ものすごく奥まで清名が入って来る体位だ。いつもは交わって、しばらく慣らしてから結合をもっと深くするためにこの体位を取らされることが多いのに、今日はいきなりこの角度で挿入するというのだ。

恵が逡巡《しゅんじゅん》していると、そこを清名はそこを解《ほぐ》し始める。

二本の指に唾液をたっぷりと濡らし、恵を開いていく。清名の体温に反応して少し柔らかくなっていた窄まりは、彼の愛撫を受けて無邪気にひくつき始めた。二本の指はやがて、ゆっくりと隘路《あいろ》を逆流しながら恵の中に押し入った。

「ああ……っ、や………——」

ちゅくちゅくとリズミカルに繰り返される抽挿に、恵は慌てて唇を噛んだが、それでも声が抑えられなくて、とうとう目を閉じたまま手のひらで自分の口を塞《ふさ》いだ。足の先まで快感が駆け抜け、背中が反り返る。

「く……、ん……っ、あぁ………——」

「本当に感じ易《やす》くて可愛《かわい》いな、恵は。眠ってるのに、こんなに感じるなんて」

声が笑っているのは、恵の性器を見ているからだろう。張り詰めてぴんと反り返り、こっちも触って欲しいと主張しているのだ。

やがて清名が指を抜き放ち、一息置いて灼熱《しゃくねつ》の気配が迫る。

「入れるよ、恵」

待って、起きてる！　と目を開けた途端、衝撃が恵を犯した。

「――――――ああああっ、………………！」

まだつぼまっていた恵の窄まりを、彼はやや強引に穿った。まだ青い、固い果物を割ったような衝撃。

「や、やっ、あぁん……」

「起きた。気持ち良すぎたみたいだな」

恵の堪《こら》え性の無さに清名がくすくす笑っているので、頭に来た。彼を受け入れたまま、足をじたばたと動かし、手のひらで背中をぶつ。

「ひどいよ、ばかあっ！　相手してくれなかったから寝たふりしたのに！」

「ごめんごめん」

軽快に笑っているので余計に頭に来る。ぽかぽかと拳《こぶし》で胸倉を叩《たた》くと、その手首を取られて唇を押し付けられる。

「怒ってるならもう終わろうか？」

彼が腰を退けたので、思わずそこをきゅううっと締めて引き留めた。

「ん、ん……イヤ、抜いちゃやだ」

「ヤダなのか。どうして？　俺に怒ってるなら抜いた方が良くないか？」

「……じわる、いわないで……っ」

彼を殴っていたその腕で、思い切り彼に抱き付き、腰を揺らして彼を請うた。

「抜いたら、ダメ、いっぱい……、きもちい、から、ダメ……」

そして、彼の肩口に額《ひたい》を押し付け、顔を隠してお願いをする。このまま続けて欲しい。それから、中で終わって欲しい。恵が最近、とても気に入っている「終わり方」だ。

以前は、それはしてくれなかった。恵自身はまったく構わないのに、直接触れ合う交わりはダメだと言われていた。けれど、例のロリポップの事件があって以来、恵はすっかりこれが気に入ってしまい、毎回ねだるようになってしまったのだ。そうしてくれないとすごく寂しい気持ちになってしまう。

「中が、いい、……なか、きもちい、好き……っ」

たどたどしくも懸命な懇願に了解、と彼はまた笑う。そして、恵が望む律動を与えてくれる。思い切り奥を突き上げられて、擦られて、そうして清名が息を詰めた瞬間、一番奥に彼の熱が叩き付けられた。

「……あ、つい……！　あぁ……っ」

「すっかりお気に入りだな、中で出されるの」

最奥が甘い熱にじんと痺《しび》れたようになっていて、その官能が風紋のように全身に行き渡るのを感じる。

ぴくぴくと痙攣《けいれん》して、唇を半開きにして呆然《ぼうぜん》と空を眺めていた。

恵の思考を根こそぎに奪うその熱が引くまで、清名はずっと、恵の中にいてくれた。そうしてゆっくりと抜き放たれて、恵は小さく吐息を漏らす。彼が出て行くときに、一緒に放たれた体液がとろりと溢《あふ》れてくすぐったいような違和感がある。

唇に悪戯のようなキスをされて、ようやく我に返った。飛び起きて羽根枕を掴《つか》んだ。柔らかいそれを振り上げ、思い切り清名をぶつ。

「いてて、なんだどうした」

「教会の画像なんか見て、のんびりしてたくせにっ！　チャットなんかして、旅行の打ち合わせして……せっかく泊まりに来たのに、俺の相手してくれなかったくせに！　だから寝たふりしたのにこんなことしてひどいよ……っ」

「ほんとにごめん、可愛いからそう怒るな」

羽根枕を掴む恵の手首をひょいとつかみ、キスをしながら簡単にシーツの上に押し倒してしまう。甘い言葉よりももっと甘いキスが肩や肘《ひじ》に落ちて、悔しいけど、まるでそこが痺れたみたいで力が入らなくなった。

「も――っ！　ほんとむかつく‼　キライだ、バカっ！」

「次兄と揉《も》めてたんだ」

意外な言葉を彼が口にして、恵は目を見開いた。清名は両掌《りょうてのひら》を恵に開いて見せた。降参、の意味だ。降参するから、話を聞いて欲しいと言う。

恵はしぶしぶ、という体《てい》で体を起こし、羽根枕を抱き締める。拗《す》ねた表情は解除しないが、本当は積極的に聞きたいと思う。あまり話してくれない彼のプライベートだ。

「あの教会は、イタリアのサロンノっていう街にある聖マティアス教会だ。うちの一族と深い関係がある」

「教会と？　清名さん、クリスチャンなの？」

いいや、と清名はかぶりを振る。

「神様を信じていたら、今みたいな仕事は出来ないよ」

そして話してくれた。結束が強いことで有名な彼の一族には本当に様々な決まりごとがあるようだ。

「結婚に関しても面倒な決まりごとがあれこれあってね。結婚式は聖マティアス教会で行うことって決められてる。教会で祝福を受けて妻を娶《めと》って、初めて一族を支える一人前の男だと認められるんだ」

グループの創始者だった清名の曽祖父がヨーロッパを周遊した際、イタリアで出会った女性と恋に落ち、あちらで式を挙げて帰って来た。無神論者でキリスト教の信徒でもなかった曽祖父だが、日本に帰った後に結婚、となると周囲に反対されるのが分かっていたからだ。

遠い異国での挙式は曽祖父の反骨精神の現れで、それは企業グループの経営理念ともなっている。以来清名家の男子は曽祖父と同じ教会で挙式することが決められているという。

「長兄は六年前に済ませたけど、先日、次兄が婚約を発表した。その日初めて引き会わされた女性とね」

結婚に愛情は必要ない。次兄の妻となる人は強固なコネクションを持ち、彼女との結婚は一族の繁栄に寄与する。それが清名の兄たちが考える正しい結婚なのだ。彼らは清名家の名前に大きな誇りを抱いている。

しかし、信徒以外の教会での挙式にはやはり煩雑な手続きがあって、今、教会と交渉しながら挙式の日程を決めているということだ。

「本当に面倒だから早めに片付けておいた方がいい、お前もすぐに結婚しろって無茶を言われてチャットで兄弟喧嘩《げんか》になった。いくら家族でも、仕来《しきた》りでも、そんな指図はされたくない。でも次兄は、一族の中では俺と年齢も立場も近い分、俺の考え方にたいそうご立腹でね。それで君には申し訳ないと思ったけど、手が離せなかった。退く姿勢を見せたら最後だ。本当に強引に事を進めようとする人だから」

次兄のキャラクターは清名とはずいぶん違うようだ。それも驚きだけれど、もっと胸にわだかまる言葉――結婚。

幸福な言葉のはずなのに、胸が冷えるのを感じる。

「一族への誇りを持ってるのは本当なんだよ。でも俺は兄たちみたいに割り切れないかな。自分が育った家庭が大嫌いだったのに、自分も同じような家庭を作るなんて出来ない」

微笑する彼は、少し悲しそうに見えた。いつか、母親のことを話してくれたときと同じ表情だと思った。だからもう、これ以上拗ねるなんて出来なかった。

「仲良くした方がいいよ、兄弟がいるって羨《うらや》ましい。俺はねーちゃん二人だもん」

「同じ環境で育った兄弟だからこそ、考え方が違うと諍《いさか》うもんだよ」

「…………末っ子なのに、ちょっと生意気だね」

「君だって生意気な末っ子だろ」

くすっとお互い笑って少し沈黙した後、恵は躊躇《ためら》いがちに質問を口にした。どうしても、これだけは聞いておきたかった。聞くのは怖い。けれど聞かなかったらきっと後悔する。

「けっこん、するの……？」

「しないよ。そのための兄弟喧嘩だ。だって君が奇跡を見せてくれるんだろう？」

ちゅ、と唇にキスをくれた。

その答えに、死ぬほど安堵《あんど》した。清名の立場を考えたら、いいことなのかどうか分からないけれど。それに……と恵は思う。ぺたんとシーツの上に座り込んで、しおしおと肩を落とした。

「でも、今日もダメだったよ……イきたいのを我慢が出来なくなるんだもん。早くイきたくなって、前を触ってもらいたいのが我慢出来ない……」

愛を証明する、なんて勢いばかりで、実際その瞬間になれば自分の欲求に負けてしまう。情けない気持ちで小さくなる恵を、彼は向き合う形で膝《ひざ》の上に乗せてくれる。後頭部を手のひらで包み込まれて、頬《ほお》を彼の肩に擦り付けた。この格好、すごく好き、と恵は目を閉じた。

「清名さんだって悪い。俺のことすごく、気持ち良くするから、我慢できなくなる」

恨みがましく文句を言うと、清名は困ったように笑っている。

「そうか、確かにそれは俺が悪いな」

「なんか、すごく近くまではイけるのに、あと一段上が上れない感じがするんだ」

どうしてなのかな。どうしてあと一段が上れないのだろう？　何が邪魔をしているんだろう。

待ち望んでいる奇跡が起きたら、きっと色んなことが解決する。そんな気がするのに。

「じゃあその一段上に、美味しいデザートでも置いてみようか。君は喜んで駆け上がるんじゃないか」

そういえば、と清名が言った。

「いちごのシャルロット、セムラにプリンセスケーキ、ヨーロッパの伝統的なデザートが上手なレストランをこの前見つけた。君を連れて行くよ。甘いもの好きだろ？」

「大好き。明日食べる。連れてってくれる？」

「もちろん。で、こちらからお伺いしたいのは、お泊まりの夜の部をもう一度仕切り直しさせてもらいたいんだけど、どうかな。まずは熱い紅茶を淹《い》れるよ」

さっき話したガトーショコラと一緒に食べようと言ってくれる。大賛成、と恵は笑って彼にキスをした。

美味しいスイーツの誘いと、甘いキスは恵の胸に翳《かげ》りを落としていた不安を追い払ってはくれたのだけれど――より暗く、重い雲が近付いていることに、そのとき恵は気付いていなかった。

【 9話　アマレッティは甘くない　～冬の始まり 】

『スカートの中を盗撮することにすっかり味をしめたその男は、ある日、駅で女子高生と遭遇する。大変な美少女だ。しかも制服のスカートがとても短い。男は女子高生の後をつけ、階段を上るタイミングで上手《うま》くスカートの中を撮影した。急いで撮影した画像を確認すると、そこには……』

「都市伝説の再現ドラマ。ちょっとエロ要素あると、アニメより実写のが再生数伸びるんだよ。ただ、役者を揃《そろ》えるのが大変でさ」

「ふうーん……」

必修科目マーケティング理論Ⅲが終わった教室で懸命に話しているのは友人の小坂《こさか》だ。一年生の頃から柴谷《しばたに》も含めて同じグループで仲良くしていたが、最近は必修の講義と飲み会でしか顔を見ない。

なんでも動画配信サイトでいくつかチャンネルを運営していて、その動画作りで忙しいらしい。どれも人気があって相当な収益を得ているそうだ。特に人気があるのが都市伝説をドラマ仕立てで再現したものだという。

「で、今回の『盗撮で未来を失った男』なんだけど、ちょっとエロめの場面があるし、本物のＪＫ使うといろいろ規制に抵触してヤバいし、女友達も絶対ヤダって拒否っててさ。だからメグに手伝ってもらえると助かるんだけどどうかなあ」

「うーん」

恵はぼんやりと傍《かたわ》らに置いたスマートフォンを見る。

壊れてるんじゃないかな、このスマホ。

「衣装とか全部こっちで用意するから。髪はショートカットの設定にするからそのままでいいと思う。駅の階段を上るだけの簡単なお仕事です。な、頼むよメグ」

「ん？　うん、まあいいよ」

「やった！　まじで？　再生数上がって収益入ったら雀々苑の焼肉おごるから！　んじゃ他の手配が終わったらまた連絡すっからヨロ！」

小坂は喜び勇んで教室を出て行った。傍《そば》で会話を聞いていた柴谷が、心配そうに恵に尋ねた。

「お前、いいのかよ。手伝うなんて簡単に言っちゃって。女装すんの昔は嫌がってたじゃん、高校の学園祭のときとか女装カフェやらされそうになってガチ切れしてたのに、焼肉くらいじゃ割に合わなくね？」

「んー？　焼肉……俺、牛タンは薄切り派」

絶対分かってないだろお前…

柴谷が呆《あき》れているが、恵には他に気がかりなことがあった。まったく動きのないスマートフォンを手に、恵は泣き言を口にした。

「清名さんから、連絡がない……」

盛大に溜息を吐いて、恵は机に突っ伏す。

「丸二日も放置ってなんなの。おはよーおやすみの挨拶《あいさつ》も、スタンプも返してくれないし」

「俺は社長とおはよーおやすみやってることにびっくりだよ。どんな顔してスタンプ打ってんだ？」

「多分、すごい優しい顔」

少しだけ願望が入ってるけど、きっと、そうだと思う。柴谷は何故か、少し驚いたように恵を見ていた。

「……そりゃあ、忙しいんだろ。あの人、社長じゃん。ヒマしてお前にじゃんじゃんメッセージとか可愛いスタンプとか送信しまくってたら逆にやばいって」

「分かってるよ。でもさ」

連絡をくれないと、あちらが何をしているのか恵にはまるで分からない。

定期的にデートしてるし、彼の部屋にも泊まりに行った。でも距離はなかなか縮まらない気がする。社会人と学生では生活のスタイルがまったく違う。そして社会人経験がない恵には、清名のリアルタイムを想像するのは難しい。

気軽に「今、何やってる？」って聞いたらいいのかな。

でも友達じゃないし。しかも、アルバイトの上司の上司の――とにかく偉い人だ。

「会ってくれないと、都市伝説を実現する時間だって出来ないじゃないか」

「都市伝説？　さっきの『盗撮で未来を失った男』？」

「そっちじゃなくて」

「ああ…まだこだわってんの、それ」

「当たり前じゃん。奇跡起こすんだって約束したもん」

それに、こんなバカな理由しか恵は持っていない。彼に会いたいと言う理由が他にはない。

用事もないのに会いたいなんて、我儘《わがまま》な気がするのだ。

「その考え方はおかしいだろ。付き合ってるなら対等だろ。お前ばっかり引け目感じる必要ないって。放置するなら浮気してやんよって開き直るくらい強気に出ろよ」

「やだよ」

「即答かよ」

「それでも返信なかったら今度こそガチでメンタルやられるじゃん」

溜息をつき、恵は席から立ち上がる。荷物を入れたボディバッグを斜めに引っかけた。

「俺、もう行く。この後バイトなんだ」

「……まあ元気出せよ、飲み会かなんかセッティングしようか？」

「いーい。今、大騒ぎするメンタルじゃないし」

いつもなら受ける柴谷の誘いも断ってしまう。そうだ、遊んでいないで、こんなときは仕事に邁進《まいしん》するのだ。

清名が連絡をくれない、一緒に過ごしてくれない間も恵は楽しく学生生活を送り、アルバイトだって頑張っているのだと平気な顔をしていてやろう。清名は現場視察、ということでときどき店舗に来ることがある。そうしたら、平然と社長、お疲れ様です、とにっこり笑って言ってやるのだ。

そんな淡い期待を抱いていたアルバイトの時間も終わって――結局清名は現れず、そうしたらバックヤードでいつも困っている店長が今日も困っていた。業者への発注が間に合わず、本社の在庫を直接発送してもらった紙カップの数が多過ぎるというのだ。

「こんなに送ってもらって助かるけど、あっちが困るんじゃないかな。頼んだより多い数は急いで本社に返送しないと」

恵は大急ぎで挙手した。

「俺！　持って行きます！」

「ええ？　悪いよそんなの、時間外なのに」

「いいんです、俺、授賞式で行ったことあるし場所も分かります」

オフィスに絶対いるとは限らないけれど、清名に会える可能性は店舗より高い。店長から紙コップを奪うようにして店を飛び出し、地下鉄でニナマリーの本社オフィスが入った駅ビルに向かう。


地下鉄の出口から地上へ出ると、冬の初めの冷たい夕闇がオフィス街を覆っていた。ビルの1階エントランスの総合受付で入館証を借りて、エレベーターで目的の階を目指す。

ここに来るのは半年前の授賞式以来だ。時間は十八時を過ぎたところで、オフィスを出て帰宅する人たちでビル内は日中に訪れた前回より混みあっているようだ。みんな足早で、忙しない。

三年後は、自分も社会人だ。どこかに就職、出来たらの話だけど――

株式会社カフェ・ニナマリーのオフィスに到着して、受付にいた女性スタッフに声をかけた。授賞式のときに、恵の案内係をしてくれた女性だ。

彼女も気付いたようで、あら、どうしたの？　と親しく尋ねてくれる。

「テイクアウト用の紙コップをお借りしたんですが、送ってもらった分の数が間違ってたみたいで。多い分を持って来ました」

「あらあら、お手数をかけてしまってごめんなさいね。資材部に確認しますから少々お待ち下さい」

彼女が受付の受話器を手に内線ボタンを押す。通話の間、恵は周囲を見回した。もしかしたら、清名が通りかかるのではないかと気持ちが落ち着かない。

「やっぱり手違いみたい、こちらでお預りしておきますね」

「あの」

紙コップを渡し、恵は思い切って彼女に尋ねた。

「あの、社長は……今、いらっしゃいますか」

それから気付いた。社長の所在を一アルバイトに簡単に伝えられるはずがない。まさか個人的に親しい関係にあるなどと、清名も自分の社員に吹聴していないはずだ。怪しまれてしまうだろうかと慌てて言葉を重ねた。

「ええと！　受賞したときの賞品、すごくいいものをいただいたので、お礼を直接言いたくて」

「そうだったのね、ごめんなさい、社長は今急用でヨーロッパなの」

「……そうなんですか」

恵はよほどがっかりした顔をしたらしい。彼女は賞品のノート型ＰＣがよほど気に入ったのだと解釈したようだ。

「プライベートでいらしているから、お帰りがいつかはっきりと言えないけど…ご連絡があったら、あなたがお礼を伝えに来たことを必ずお伝えするわね。もしかしたらアマレッティをお土産にいただけるかも知れないわね」

どきんと胸が跳ねた。アマレッティは伝統的なイタリアのお菓子だ。イタリア——ロンバルディア州の街サロンノで生まれた。その土地にある教会で、挙式するのが彼の一族の伝統だと清名は話していた。


「やあー、いい絵が撮れたわ。協力ありがとな、メグも柴も」

予定通りに動画の撮影が終わり、撮影準備の場所として使った柴谷のアパートに戻り、映像を確認しながら小坂はすっかりご満悦だ。

「メイクさんが急病で来られないってなって焦ったけど、まさかの柴が助けてくれてほんと助かった。顔は映らないって言っても、見えないところまで作り上げるのって大事なんだよ。やっぱリアリティがさ」

バラエティショップで売っている化繊のセーラー服を着せられて、駅でスマホのカメラを回し適当に動画を撮るのだろうと思っていたら、もっと本格的なものだった。動画を撮影するためのカメラはミラーレスの最新のもので、照明や反射板も用意され、鉄道会社と駅に撮影許可もきちんと取ってある。さらに恵の衣装として用意されていたものは、オークションで高値で競り落としたという有名女子高の制服だ。それを「エロ受け」するようスカート丈を短かくするなどして改造してある。オークションでの落札額を聞いて恵も唖然《あぜん》としてしまう。制服マニアには垂涎《すいぜん》の的なのだそうだ。

「どうすんのこれ、汚してないと思うけど、洗って返したらいい？」

「そのまま後日に返してくれたらいいよ、専門のクリーニングに出さないといけないし」

そしてまじまじと制服姿の恵を眺める。

「それにしても似合うよなあ。足つるつるできれいだし、サラリーマンのおっさんやらおにーさんやら中坊やら、鼻の下伸ばして見惚《みと》れてたぞ。ガチで盗撮されるんじゃないかって思ったわ」

「盗撮しても映るのはボクサーパンツ穿いた男の尻だし別に被害ないだろ」

何故か憮然《ぶぜん》として、柴谷が口を挟む。突然メイクの手伝いをさせられたせいなのか、撮影の間ずっと不機嫌だった気がする。

「いやいや、メグくらい可愛かったら新しい都市伝説生まれるよ。『一目惚れしたＪＫがＤＤだった件』とかって」

「褒められてもぜんっぜん嬉しくないけどまあ、役に立てたなら良かったよ」

白いブラウスに臙脂《えんじ》色のリボンタイ、ベストを重ねて紺色のブレザーを着用する。チェック柄のプリーツスカートは膝小僧の上の長さだ。階段を上る恵の後ろ姿で男性の視線を釘付《くぎづ》けにする際どいサムネイルを作る。それこそが再生回数を上げる秘策なのだ。

恵はやれやれと柴谷のベッドに腰を掛け、紺色のハイソックスを脱ぐ。「歩き方が女じゃない！」とNGを出されて何度も駅の急な階段を上り下りさせられて疲れてしまった。

「焼肉ちゃんとおごれよな。言っとくけどめっちゃ食べるぞ俺」

「分かってます。がっつりおごるよ」

「お前、恵の食欲舐めてるだろ。ほんとどこに入るんだってくらいめちゃくちゃ喰《く》うぞこいつ」

「そんときは打ち上げってことでライブ配信させてよ。柴もメグもめっちゃ映《ば》えるからアクセス数アップだ。じゃんじゃん稼ごうぜ！」

どこまでも金の亡者なセリフを吐き、慌ただしく小坂は帰って行った。可愛がっている飼い猫にごはんをあげないといけないし、これから編集作業があるらしい。一日付き合わされてやれやれ、ではあるが、寝食忘れて夢中になれるものを見つけた小坂がちょっと羨ましい。

「もう着替える。なあ、これつけまつ毛ってどうやって取るの」

「引っ張るなよ、まぶた傷めるぞ。クレンジング持って来ないと」

そう言って洗面所から化粧品があれこれと放り込まれた収納ボックスを持って来た。言うまでもなく、ときどき泊まっていくという女の子の――女の子たちの持ち物なのだろう。メイクも見よう見真似《まね》とは言うが、かなり上等の腕前だ。

「目閉じて、顔上げて。ポイントメイクから落とすから」

「ん」

目を閉じ、顔を少し上向ける。この顔の角度には覚えがあって、キスをねだってるみたいで嫌だなあとちょっと思った。

「で？　社長からは連絡あったのか？」

「ん。ない。もう五日目。なんかもう、腹も立たない」

何故連絡がないのか、もう考えないようにしている。

ものすごく心配していたのだ。大きな企業の上層部の人だから、犯罪に巻き込まれたとか、何かの手違いで逮捕されたとか。

清名がイタリアの都市サロンノにいると知って、安心はしたけれど、同時に別に不安と悲しさが胸に浮かんだ。彼の一族が結婚式を挙げるその街で――、いずれ清名の結婚式が行われることになるかも知れないその街で、いったい彼は今、何をしているのか。

「サロンノっていう街にいるからって、お前が不安に思う必要ないんじゃないの？　親戚《しんせき》の誰かが結婚式挙げてるのかも知れないじゃん」

「結婚がまだなのって、下のお兄ちゃんと清名さんだけなんだって言ってたんだ。お兄ちゃんは結婚が決まったって言ってたけど、式の日程はまだ教会と交渉中だって聞いてる」

「じゃあ兄ちゃんの挙式が突然決定して、その立ち合いに行ってるとか？」

「式の日が決まるまで教会と色んなやり取りをしなきゃいけないみたいだし、結婚式は花婿と花嫁だけで挙げるのが通例で、家族でも立ち会ったりしないんだって。最初に結婚式を挙げたひいおじいちゃんがそうだったからって」

そうか、と柴谷が呟いて、クレンジングを含ませたコットンが頬や額に触れる。ファンデーションを落としているのだ。意外なくらいに優しい手つきだ。目を閉じているのでそれがよく分かる。誰かにこうやって触れてもらうのは、やっぱり心地よい。

「それにしてもよく分かったな、お菓子の名前を聞いただけなのに、イタリアのどこにいるかなんてさ」

「一応カフェでバイトしてんだぞ、ニナマリーはデザート類に力入れてるからバイトに向けた研修だってあるんだ。アマレッティって言われたら一発だよ」

コーヒーやお茶だけでなく、一口だけ甘いものが食べたい、という客は多くて、小ぶりな焼き菓子はよく売れる。

今週は寒かったからこれが売れたとか、新商品のあれが人気だったとか、清名に報告するのは恵のちょっとした喜びだった。現場での声を届けることが出来て、何となく彼の役に立てている気がした。

「なんか今日、小坂が都市伝説って社会の世相を映し出すんだって話してたじゃん。そういうことがあったら怖いなっていう社会の漠然とした不安がいつの間にか都市伝説になるんだって。でもたぶん、そんなことが起きたらいいなっていう願望だって、都市伝説になるんじゃないかな」

「何の話だ？　目の周り終わった。このまま顔全体も落とすぞ」

「俺も、愛があったらすっごいことが起きるはず‼　っていう願望にしがみついてるだけなのかな。あの人、何でも持ってるし、もし欲しいものがあったら自分で手に入れられるじゃん。自分で奇跡を起こせる人に、他にどんな奇跡を見せたらいいのか分かんないよ。それに、情けないけど、セックスをせがむ理由になったから便利だったんだ」

セックス、という単語が出て一瞬柴谷の手が止まったが、恵は気が付かなかった。

自分ばっかりが彼を欲しがっているのだという気がして、どんなに馬鹿《ばか》げていても「彼のため」だと言える理由がないと、彼にセックスをして欲しい、と言いにくいのだ。

彼と体を交わして初めて、どうして世の中の人がセックス、セックスと大騒ぎをするのかよく分かった。すごく気持ちがいい、自慰なんて比べ物にならないくらい――それだけじゃなくて――それをしているときは、現実にはすごく距離がある彼と一つになれている気がして、彼と自分の違いにも悩まなくていいように思えた。

「……終わった。目、開けていいよ」

クレンジングが終わったのを確認するためか、頬に柴谷の手のひらが触れる。

「ごめんな。こんな愚痴ばっかり聞かせて。お前、突然メイクさん役押し付けられて疲れてるだろ、小坂はほんとムチャぶりするから」

「俺は別に。事前に小坂が持って来た衣装を見たとき若干心配だったから、同伴した方がいいかって。小坂は撮影に夢中でその辺の危機感は薄そうだし」

「衣装が心配？　俺が貴重なＪＫの制服を汚すかもって？」

メイクオフが終わって、恵はベッドに転がった。その制服のスカートがひらりとめくれた。

「おい、パンツ見えてる」

「いーじゃん別に、見えたところで男のパンツだってお前も言ってたじゃん」

そうじゃなくて、と柴谷言った気がしたが、恵は別のことで頭がいっぱいだった。あーあ、と恵は裸の膝小僧を抱える。女子高生たちはこんなにも頼りない服を着て、よく心細くならないものだ。

「……難しいこと滅多に考えないのに、なんかずっと頭の中ぐるぐるしててさ。連絡取れないとダメだな、自分の中で堂々巡りしちゃってさ。小坂の手伝いして良かったよ。気が紛れて良かった。こんなアホな恰好だけど」

「お前さ、社長のことちょっと考え過ぎじゃないの。言っても九歳も年上のおっさんじゃん」

「清名さんはおっさんじゃないよ」

むっとして恵は口を尖らせた。しかし、柴谷も語調を強める。

「あの人が格好いいのは認めるよ。社会人としてすごいのも分かるよ。でも社会人と学生の九歳差って大きい。優先順位が全然違う。あっちの当たり前とお前の当たり前は違う。最初はそれが面白いって思っても、付き合いが深くなればなる分、コミュニケーションを取るのが難しくなる」

「学生は学生とだけ付き合えっていうのかよ」

「それが一番平和だって言ってんの。たかだか五日連絡がないだけで不安になる相手と付き合うって賢くない。お前だって本当は分かってるだろ」

「は？　何その言い方、ムカつくんだけど。つーかお前、何で今日そんなに機嫌悪いの」

また喧嘩する気かよ、上等だこの野郎。恵は柴谷を睨《にら》んだが、彼は取り合わない。

「俺はどうせこうなるって思ってた。何でわざわざ苦い思いするような恋愛するんだ。あの人は一般人じゃない。結婚だって仕事の一つで、結局は仕事を選ぶに決まってる。それまでの時間潰《つぶ》しにまんまと利用されてバカじゃねーのって思ってた。つーかやらせろよ」

「は？」

いきなり、柴谷の長身が伸《の》し掛かってくる。長らくの友人の顔を、真下から見上げて恵はしばしぽかんとしていた。

「へ？　え？　なに？」

「他の男――俺とだったら、意外とすんなりイけるかも」

いきなり、耳の辺りに顔を埋められる。

「な、え？　ちょ、しば」

「なんか、甘い匂《にお》いがする。ガキの頃はこんな匂いしなかったのに」

熱っぽく耳元で囁《ささや》かれて、我に返った恵は慌てて顔を背け、柴谷を押しのけようと抵抗した。だがこちらが下になっている分、跳ねのけるのは難しくて、普段はあまり気にしていなかったが、身長差も体重差もかなり大きい。

両手首をひとまとめに頭上に押さえ込まれた。身を捩《よじ》った途端、唇が重なる。

「んんんっ！」

目を見開き、かぶりを振って拒むのに、まるで怯《ひる》んだ様子もなく、その唇はまた耳元に悪戯をする。耳介を唇でくすぐり、甘噛みする。

「やっ……、しば、ほんとに、やだ……！」

「ここんとこのお前、ちょっと有り得ないくらい色気ついたなって思ってたけど、今日、撮影の手伝いしてて可愛すぎてヤバいって思った。駅でもやらしい目で見られて絶対視姦《しかん》されてるのに、お前は社長からの連絡待って自分のスマホばっかり見て全然警戒しないし」

中学校以来の友達で、互いに何でも知ってると思っていたし、懸想するなんて想像もしなかったけれど——清名と知り合ってからの恵は何かが変わってしまった。誰かに熱烈な恋心を抱いていると、不思議と別の誰かの危うい感情を惹きつけてしまうものだ。

「今から俺と試してみようぜ、俺とならイけるはずだから」

「……どういう意味……」

「お前にロックがかかってるってこと。あの人が好き過ぎてリラックス出来ないんだ。一方的に好き過ぎるって幸せなようで全然幸せじゃない」

好き過ぎても不幸になることだってある。不幸で奇跡は呼べない。

どれほど愛情を感じている相手でも、一方的な愛では奇跡なんて起こらない。

「俺とやって、お前が後ろだけでイったら、あの人との恋愛は少しも幸せじゃないっていうことだ」

「や……っ」

柴谷の手のひらが強引にスカートの中に潜り込む。こんな無防備な格好をしているときに、どうしてこんなことになったのか。

「やめろってば！　お前、女子高生の制服のせいで、おかしくなってる！」

「アホか。パッケージに惑わされるほど簡単じゃねーよ。俺とだったら緊張なんかしないだろ。俺とししとけよ、絶対に連れて行くから。そうしたら気持ちが変わるよ」

「ダメ、……柴、これはしゃれになんない！」

短いスカートの中で、下着の腰ゴムを摑まれたのが分かった。それを引きずり下ろされては引き上げるという攻防を繰り返し、焦れた柴谷がとうとう布地を破く勢いで引き下ろしてしまう。ゴムが伸びてしまったそれはばたつかせた足から呆気なく抜き取られてしまった。

「しゃれでも冗談でもない。お前とやってみたい」

「やっ、ほんとにやだ！　柴……！」

何かを探そうとするように、内腿を彼の手のひらが這《は》う。はっとしたように柴谷の手が止まった。下着を剝かれて無防備になった性器に、柴谷は触れていた。

「や……！」

必死で体を捩っている間に、恵の性器を柴谷が手のひらに収める。突然曝け出された上、あまりの乱暴を受けて、それは怯《おび》えたように小さく萎《な》えてしまっている。

「……っ」

「ちゃんとするから。先によく見せて」

手のひらの中のそれを、柴谷はしばらく注視していた。長い付き合いの友人だが、そこを間近で見つめられるのは当然初めてで、なぜか感動したかのような独り言が聞こえた。

「すごい……こんななのか」

「……やだ！　さわんなっ」

「めちゃくちゃ可愛い。なんだよこれ、果物みたいだ。こんなきれいなピンクって有り得るのかよ」

興奮した声。やわやわと強弱をつけて揉みこまれ、湧き上がる感覚に息が詰まる。

感じさせようとしている。無理やりのことなのに、何も許していないのに、体を屈服させようとしている。その手付きから柴谷に、同性とも経験があるのだと、薄っすらと分かった。

柴谷はそれを肯定する。

「お前が社長と付き合い始めてから、興味持っててちょっとだけ。俺、たぶん上手いよ。やってみたらお前もきっと気に入って気持ちが変わる」

「ふざけんな！　そんなわけない！」

「ふざけてない。お前だって分かってんだろ、愛が分からないなんて、それって結局愛してないって言ってるのと同じだ。そんなことを平気で恋人に言う男なんか、やめちまえよ』

真正面から向き合うには痛すぎて遠ざけてきたその言葉に、かっと頬が熱くなる。同時に、右足が思い切り柴谷の下腹を蹴《け》り上げた。クリーンヒットに呻《うめ》き声が上がって、もう一度今度は胸元を蹴る。拘束が緩んだ隙に恵は柴谷の体の下から逃れた。

「そんなことしたって、お前には分かんない。上手いとか下手とか……幸せとか不幸とか、関係ない」

憤りのあまりに声が震えている。床に蹲《うずくま》って咳《せ》き込んでいる柴谷にはっきりと告げた。

「俺は清名さんじゃないと嫌だ。イけたとしても好きな相手じゃなきゃ、意味がない。清名さんじゃなきゃ幸せじゃない！」

お前は大切な友達だから、出来ることだったら何だってしてやりたい。でも差し出せないものがある。

恵は着の身着のまま、柴谷の部屋を飛び出した。

【10話　ホットミルクみたいに熱くて甘いお仕置き　～冬の始まり　】

恋人から連絡はないし、友達から襲われてぶん殴ってしまった。いや、蹴飛ばしたんだったか。

しかも着ているのは女子高生の制服だ。上着を置いてきたので、十二月の住宅街を歩くには寒すぎる。せめて摩擦熱で暖を取ろうと薄いシャツの袖を、ごしごしと擦ってみた。

自分のアパートの入り口まで来て、はっと我に返る。

「しまった、鍵……」

上着のポケットに入れっぱなしだ。財布代わりに使っている携帯電話も一緒に入れてある。自分の部屋に入れないし、誰にも連絡が取れない。

ほんっとに散々だ。はー…と長い溜息をつき、気を取り直して踵を返した。近くに住んでいる友人が何人かいるが、この恰好の理由を話すのが億劫《おっくう》だ。電車で二駅ほどの離れた距離だが、編集作業で確実に家にいるであろう小坂のところにでも行くしかない。荷物は落ち着いたら取りに行こう。その頃には、柴谷の頭も冷えているだろうから。

肩をすぼめ、とぼとぼと歩く。携帯電話。あんな小さな機械が一つ手元にないだけなのに、まるで遭難したみたいに頼りない気持ちになる。世界中に見捨てられたみたいだ。

でもどうせ、清名から連絡がないのだし、持っていても意味なんかないのかもしれない。

真っ暗な空を仰ぎ見たそのとき、後ろから車のクラクションを鳴らされた。

「恵！」

振り返ると、運転席の扉が開き、見慣れたスーツ姿の長身が下りて来た。清名だった。

「……なんて恰好してるんだ」

清名は呆気《あっけ》に取られている。女子高生の制服もさることながら、コートも上着も靴下も身に着けていない情けない恰好だ。

でも聞きたいのは恵の方だった。

いつ帰って来たの？　何でイタリアに行くのを黙ってたの？　何でずっと連絡をくれなかったの？

——どうしてここにいるの？

こっちはひどい目に遭ったのに。ついさっきまで心細い気持ちだったのに。突然現れて、簡単に嬉しい気持ちにさせるなんてずるい。

いろんな言葉が胸を巡ったけれど、それよりは何だか泣き出したくなって、立ち尽くしてしまう。

車を降りて来た清名はこちらに近づき、黙ってただ抱き締めてくれた。

女子高生の制服について、清名は彼のコートを着せかけてくれただけで、ひとまず何も聞かなかった。それがひどく乱れていて、上着も着ていない姿でふらふらと真夜中近い街を歩いていたことについても、何も聞かなかった。

ただ無言で、信号待ちのたびに助手席で俯《うつむ》いて小さくなっている恵の手を握ってくれた。そのまま彼のマンションへと連れられた。

地下駐車場から高層階にある彼の部屋までは専用のエレベーターを使ってすぐで、部屋に通されると室内は明るく暖かい。スマートフォンで指示を飛ばすと、明かりやエアコンが作動して心地の良い室内環境で帰宅した家人を迎え入れてくれるのだ。

リビングへと通されて、恵はソファの傍に立つ。何となく座るのが憚《はばか》られた。スカートの下で、お尻が剝き出しだからだ。下着を柴谷にはぎ取られてしまったことを、話すわけにはいかない。

「あったかい飲み物を淹れるよ。座ってここで少し休んでて」

彼は上着を脱ぐと、ネクタイを緩めながら背中を向けた。キッチンへ行こうとしているのだろう。恵は彼の後を追い、後ろからぎゅうっとしがみついた。

「お茶、いらない、から……ぎゅうってして」

清名はこちらを向き、一度額にキスをしてから望み通りのハグをくれる。あったかい。

「バカだな、こんなに体を冷やして。本当に良かったよ、上手く会えて」

清名は改めてキッチンに向かい、恵をまとわりつかせたまま飲み物を淹れてくれた。熱いホットミルクだった。蜂蜜《はちみつ》も少し入れてあって、甘くて熱くて、一口飲むと心底ほっとした。彼の方はホットコーヒーのようだ。

ソファに着いて互いの飲み物のカップを手に、清名が切り出した。

「何から聞いたらいいのか分からないな。どうしてあんな寒いところを歩いてたんだ？　それも、そんな恰好で」

もちろんそれを尋ねられるだろうと分かっていたから、恵はつっかえつっかえながら、彼に状況の説明をした。

友人の動画作製の手伝いをするために、女子高生役を引き受けその扮装をした。撮影が終わって、着替えをしてメイクを落とすために柴谷のアパートへ行った。そこで、何の話の弾みか、少し喧嘩になり、彼のアパートを着の身着のまま靴だけ履いて飛び出して来たのだ。

「都市伝説の再現ドラマ？　それでこの恰好か」

「顔は映してない。駅を背景にした後ろ姿と、階段を上りながらスカートがぴらって揺れる絵があればそれでいいって」

スカートの裾をひょいと摘《つ》ままれる。それを言葉通りぴらっとめくられて、恵は慌ててスカートを押さえた。

「あっ、待って」

スカートだけでも情けない恰好だと思うが、問題はこの中身だ。

「……パンツはいてない」

「…………………」

珍しく啞然としたような顔を見せる。当然説明を求められた。

「ええと、それはどうして」

恥ずかしくて涙が出そうになった。

「脱がされた」

「誰に？」

「柴………」

「友達と喧嘩して、下着を脱がされた？」

呆気なく嘘《うそ》が露呈してしまう。乱暴をした柴谷には腹が立つ。俺がイかせてやる、なんて偉そうなことを言っていたのも頭に来る。けれど柴谷が清名に怒られるのも嫌だった。

だから清名から視線を逸らし、たどたどしく説明を始まる。

「ふざけてたんだ。ほら、このスカート、エロ受けを狙って、短めにしたり改造してあるから。それでそう、ふざけてスカートめくりみたいなノリになって」

「スカートをめくって、どうして下着を脱がされることになるのかよく分からない」

「それは……こんな恰好してたし、その上、ベッドに座ってて、清名さんとのエッチのことを相談したから。お尻でイくとか、その……そうしたらあいつ、なんか変なスイッチが入ったみたいで。ほら、柴ってもともと女の子大好きだから。中身が俺でもまあいっか、みたいな感じで」

どうにか柴谷を庇おうとしていた。自分が柴谷を蹴飛ばしたり殴るのは良くても、柴谷が、清名に本気で怒られたりするのは、やはり嫌だと思った。

「俺もあいつのこと思いっ切り蹴飛ばしたし、お相子《あいこ》だよ」

「本当にそう思うなら、あんなに泣きそうな顔で、下着も穿いてないような薄着で街を彷徨《さまよ》う羽目にはならないと思うけどね」

どこかひんやりとした口調に思えて、恵は驚いて顔を上げ、清名の横顔を見た。

怒っているのだろうか？　久しぶりに会った恋人がこんな恰好をしていたらそれはびっくりするだろうし、清名がこの五日間何をしていたのか知らないけれど、突然この部屋に押し掛けることになって、迷惑だろうとは思う。だけど、怒られるなんて理不尽だった。

「清名さんだって、連絡くれなかったじゃん。俺だって別に女子高生の恰好なんかしたくなかった。でも清名さんから返信もないし、ずっと不安で、気晴らしにでもなればいいかなって小坂のことを手伝うことになって……それで怒られるとか意味分からないよ」

「君に怒ってはないよ」

「じゃあ、呆れてる？　一人でじたばたして、バカみたいだって思ってる？」

「…………………………」

どうして何も言ってくれないんだろう。彼の沈黙が酷く薄情に思えた。だから、恵はもう堪え切れない。目の前で、少しずつ冷めていくホットミルクのカップを見詰め、ぎゅっと膝を摑んで必死で言い募る。

「清名さんは、全然分かってくれてない。お尻のことだって、俺ばっかり必死で。柴も言ってた。イけないのは、俺ばっかり好きだからだって……清名さんは五日間も俺に連絡しなくても、放りっぱなしでも平気なのに」

――お前だって分かってんだろ、愛が分からないなんて、それって結局愛してないって言ってるのと同じだ。

柴谷に言われた言葉を思い出す。あの言葉は、すごく痛かった。一番痛い言葉だった。痛みから逃れたくて、清名を詰《なじ》ることを止められなかった。

「清名さんはずるい。愛を認めないなんてずるい。認めないままでいる方がずっと楽で傷付かないでいられるって知ってるんでしょう?」

恋人として、それはとても悲しいのだと、分かって欲しくてそう言った。

自分にも突き付けられて痛い言葉があるように、彼にも痛い言葉があるのだと、考える余裕がこのとき、恵にはなかった。情けなくも、ぼろぼろと涙が零れる。

「……ごめん、泣かなくていいよ。おいで」

清名は恵を抱き寄せ、膝の上に乗せる。恵は少し逡巡《しゅんじゅん》した後、彼の腰をまたぎ、首にしがみ付いた。シャツの肩に頬を寄せると、彼の匂いがして心から安心した。柴谷に抱き締められたときは完全に拒否感を感じたのに、今は全部を預けていられる。

清名はしばらく、ただ恵を抱いてくれていた。だが、やがて何かを堪えるように長く吐息して、少しだけ体を退けた。

「……清名さん？」

「君にはきっと理不尽なことだろうけど、今、酷い苛立ちを覚えてる」

思いも寄らなかった言葉に、恵は呆然《ぼうぜん》と彼の顔を見上げた。

「君は、何も分かってくれないって俺を責めるけど、分かってないのは、君も同じだよ」

彼の瞳が、真正面から恵の瞳を捉《とら》えている。いつも通り、穏やかな眼差しだった。けれど彼の内部で、何か底知れない激情が生じているのを、恵は感じた。ごくんと、恐怖感を飲み込む。

「五日の間、何があったのか聞きたいなら話す。でもその前に、連絡を取れなかった間、俺がどれくらい不安と焦燥に駆られたか、君にも分かって欲しい」

清名の指がこちらに伸ばされる。彼は恵の胸元を飾っていた制服のリボンを解《ほど》いた。襟から抜いたその細い臙脂色のリボンを自分の指にかけ、恵に見せつける。そして、恵のスカートをめくった。

「何、するの……？」

清名は微笑した。

「お尻でイくことに非協力的だと今、叱られたからね。喜んで協力させてもらうよ。お尻だけでイきたいなら、前でイけなくしたらいい。簡単な話だ」

「……何？　なに、待って」

残酷にも、清名はそのリボンを使い、恵の性器の根元をきつく結わえる。臙脂色のリボンを飾られて、一見可愛らしくも見えるのに、ぎりぎりと恵を締め上げている。

「やっ、いたい、いた、い……」

しかも彼の意図が分からず抵抗を躊躇っている間に、背中に回した両手首をまとめて縛ってしまった。彼のネクタイを使ったのだ。

「いたい、解いて、清名さんこんなのイヤだ」

どうして？　いったい彼は、どうしてこんなに酷いことをするのだろう？

彼は、恵も何も分かっていないとさっき言っていた。そのことが彼をこんな行為に駆《か》り立てているのだろうか。でも、何を分かっていないと言うのだろう――混乱する恵は、そのまま背中からソファに倒されてしまう。清名はいつもと同じく美しい笑みを浮かべて、恵を見下ろしている。

「参った。女の子をレイプしているみたいで罪悪感が半端ないな」

怯えて固まっている体は、清名にされるがままだ。足首を摑まれ、それを頭の上へと押さえ込まれた。後ろに「でんぐり返し」をするような、中途半端な格好で固定されてしまった。

「待って、清名さん、どうして？　何で怒ってるの」

「さっきも言ったろ、君に怒ってるわけじゃない。少なくとも、君だけが悪いんじゃないんだ。でも、やり場のない感情をどこにぶつけて処したらいいのか俺にも分からない。だから可愛いお尻を差し出してもらうよ」

そこが左右に開かれ、思い切り割りさかれる。緊張して固く締まった窄まりが彼の目の前に露《あらわ》にされた。

「い、いや」

「小ぢんまりとしていて、可愛いな、相変わらず。俺がどれくらいここを可愛らしく思ってるか教えようか」

からかうその唇が、そっと寄せられた。まさかと恵は息を詰める。

「いや、……しないで、ダメ、それは嫌」

「どうして。君はここでイきたいんだから、ここを丁寧に解してもっと感じやすくしておこう」

「いやっ！　いや‼」

ばたつかせた足の間から清名を見上げ、恵は絶対にいや、と繰り返す。

しかし、腰がホールドされており、退くことも左右に振ることも出来ない。双丘が強引に開かれた。細かな襞《ひだ》が引き伸ばされ、ピンク色の、柔らかい粘膜が少し覗いてしまう。いや、いや、とまた繰り返したが、どうしても逃げられない。とうとうそこに熱くて柔らかい彼の――恵は目を見開き、悲鳴を上げた。

「いや――――――っ！」

それは、恵がずっと拒否していた愛撫《あいぶ》だった。

もちろん恵も好奇心は強い方だから、その際どい愛撫がどんな感じなのかちょっとだけ興味はあった。けれど、でもやっぱり、そんなことを清名にさせられない。

「……ダメ、いやだ、イヤ………っ！」

恵は苦しい姿勢で、必死にかぶりを振るが、清名はまるで聞き入れない。舌の広い面を使って下から上に何度も舐め上げる。ときには固く窄めた舌先で抉るようにねじ込まれた。ショックのあまり、上手く呼吸が出来ない。

「……や、やめ、て……、きたない、か、ら、やめっ………」

「君の体に、汚い場所なんてどこにもない」

「やだぁ……」

恥ずかしさと、罪悪感に、声が弱々しくなる。いつも正しくて、美しい容姿を持つこの人に、こんなにダメなことをさせている。罪の意識が、どうしてかいっそう恵の体を敏感にしてしまう。

「や……、ああ、ん……、あぁ……」

絶対にダメなのに。——こんなことは、愛している人にしかしてはいけないことなのに。そう思うのに、漏れ出る声が甘さを帯びていく。

固く締まっていた襞を甘やかすように舌先で解きほぐしていきながら、性器も同時に慰撫を受ける。大きな手のひらで包み込まれ、果物の皮をずり落とすように扱かれると、ぽたぽたと、先走りが滴《したた》って頬に落ちた。

「も、やだ、や……あああっ……——」

「俺にとって君は、可愛いばかりだ。可愛くて大切で、どんなことだってしてやれる。家族を裏切ろうと、兄弟と決裂しようと構わない……でもどうしてかな、君はそれをなかなか理解してくれない」

「ひっ……」

力を込められた舌が、ぐっと押し入ってきた。

「イヤ……っ、ひ、……っ、……ひ、あ……っ」

とうとう情けない嗚咽《おえつ》だけが漏れて、泣きじゃくって、その恥ずかしい愛撫を受け入れるしかなくなる。言葉では拒んでも、彼が与える官能に体はもう、こんなにも従順だ。

清名は恵を抑え付けたまま、一度顔を離す。たっぷりの水分でふやけたように柔らかくなった窄まりを指腹で浅く掻き回されると、くちゅくちゅ、と恥ずかしいほどの水音が聞こえた。その感触に満足したように彼は言った。

「綻《ほころ》んで来たね。本当に君は素直だ」

「んん……っ」

再び唇を押し付け、唾液《だえき》で潤んでぽってりと膨らんだ窄まりを唇で上下に挟み込む。彼の口腔へとせり出した恵の粘膜は、舌で舐められ、吸われ、淫らに弄ばれた。

「や、あっ、あふ……っ、あん……」

「あんなにこうされるのを嫌がってたのは、ここを舐められてこんなに感じるのを知られたくなかったからか？」

「ちが……っ、ちがう、あっ、あっ」

頬を涙で濡らし、泣き声交じりに必死で否定する恵を見て、彼は微笑している。びっしょりと濡れた口元を手の甲で拭《ぬぐ》った。彼にしては粗野なしぐさを見て、恵は胸がきゅっと緊張するのを感じる。

息苦しい「でんぐり返し」の姿勢から解放され、許しを請うように見上げる恵に覆い被さると、彼は無慈悲な口調で告げた。

「入れるよ」

「や……、イヤ……」

恵はかぶりを振って拒否を示す。

今、挿入されたら絶対につらい。まだ性器の根元をリボンできつく縛られているからだ。挿入されたときの衝撃を、射精として放出出来ないのだ。

「こんなの、いやだ、しんじゃう、しん…………」

怖い、と涙を零して許しを請うたが、何度もキスをされて懐柔される。大丈夫、怖くないよ、と清名は微笑している。そんな風に言って大人が子供を宥《なだ》めるときは、痛い注射が待っているときに決まっている。

「ごめんなさい、清名さん、ごめんなさい。…………」

けれど清名は許してくれない。

足首を摑まれ、腰が密着する。彼に愛撫され、唾液をたっぷりと含んだ場所に、力強く、何の容赦もなく彼は押し入って来た。

その衝撃に目の前が真っ白になった。

「────」

ぱくぱくと唇が開閉して、吐息だけが漏れる。

「………、………っ──」

「すごく気持ちがいいよ、恵」

頰を伝う涙を舐め取り、彼はいっそう深く恵を穿《うが》つ。

「あ、あうっ」

ソファが揺れ、突き上げられた。失神することも許されないほどの深い交わりだ。それをいっそう深めるように、力強い抽挿が始まる。

「ああっ……」

恵は泣き声を漏らした。

「お願い、もお、ゆるして……、清名さん、……ごめんなさい、ごめん、な、さい……」

ずん、ずん、と下から突き上げられ、恵はもう息も絶え絶えだ。泣きじゃくる恵に、清名が問いかける。

「君が俺に認めさせようとする気持ちは、もしかしたら、こんなにも酷いものかも知れないのに、それでも君は構《かま》わないのか?」

「……んっ、あ、あぁぁっ……」

「きっと君は、俺を怖がって、……いつか離れて行くよ」

彼が何を言っているのか、もうよく分からない。

いつも穏やかに笑って、何でも許してくれるこの人に、こんなに容赦ない一面があるなんて、恵は知らなかった。怖いと思う――それでも、少しも嫌いだなんて思えない。

「嫌いになんか、ならない……」

だって、こんなにも苦しい、酷いことをされても、やっぱり恵は彼のことを愛していると思う。そして、愛されたいと思う。

「好き……、清名さんだけ、ずっと、絶対に好き、だから……、お願い………っ」

清名が目を閉じる。少し沈思《ちんし》して、やがて微笑した。性器のリボンを解いてくれる。瞬間、深い解放感があり、高温の体液が一気に放出された。勢いよく吹き上がり、がくがくと手足を痙攣させる恵の頬にまで飛び散った。

「あ、あぁ………」

あまりの快感に、失禁したときのように頭の中が虚《うつ》ろになる。完全に脱力した恵の体を清名は改めて貪《むさぼ》った。恵の下肢《かし》を抱え込み、彼の熱と恵の粘膜が擦れ合うよう、激しく深く抽挿を繰り返す。いったん治まった欲求にまた火が付きかねない危うさだった。

「………っ………」

微《かす》かな吐息があって、彼の動きが停止する。恵の最奥は彼の遂情を感じた。灼熱《しゃくねつ》の白濁を浴びせられたそこが喜んでひくひくと収縮している。

二人の荒い吐息が重なり合い、清名の汗が恵の頬に滴り落ちた。

「上手だった。可愛いかったよ、恵」

賞賛の言葉を与えられて、恵はまだ呼吸を喘《あえ》がせたまま、のろのろと首を起こす。清名の顔を覗き込んだ。

「も……おこって、ない……?」

頬が涙と汗でびしょびしょだ。ひどく虐げられた直後なのに、恵は必死で許しを請うた。射精を制限されて苛まれるのはとてもつらかった。その仕打ちの原因は自分にあるのだと、自分が彼を酷く傷付けたのだと、感じていた。

だから一生懸命に、自分の言動を顧みた。

「ごめんなさい、連絡、くれなかったこと、おこって、……ごめん、なさい。心配させて、柴に、触らせて、ごめんなさい……」

「ごめん……」

抱き寄せられて、彼の腕の中に収められる。彼の声には強い後悔と苦渋が滲んでいた。

「違うよ。ごめん、謝るのは俺の方だ。怖い目に遭って、寒い思いをしてあんなに小さくなってたのに」

ごめん、ともう一度抱き締められる。感情の嵐に翻弄《ほんろう》されていたのは恵だけではない。清名も同じだったのだと気づいた。いいや、彼の嵐は恵のそれより、ずっと激しくて凶暴なものだった。

こんな彼を見たことがない。どう対処したらいいのか分からない。自分を律することが出来ない、初めて真正面から向き合う感情に動揺している、そんな感じがした。

だから恵は彼の腕の中で、彼の中の嵐が静まるのを待った。そして、口を開く。

「……どうして、俺のアパートの近くに来てたの？　ずっと連絡もくれなかったのに、何でいきなり会いに来たの？」

清名はまだ答えをくれない。だから言葉が胸に募る。

「何でいきなりイタリアに行ったの？　全然、連絡もくれなかったのに何でいきなり俺に会いに来たの？　……ひどいよ、ずっと待ってたのに。シンガポールのときに、黙って遠くに行くのは嫌だって言ったのに」

立て続けに質問を口にする。清名は黙って聞いていたが、やがて答えた。

「君に秘密はない。携帯電話が壊れた」

「……嘘だ、そんなの」

そんな答え、絶対に信じられない。清名が携帯電話を壊すような不手際を起こすなんて有り得ないと思うし、万一携帯電話を破損したのだとしても、こんなに有能な人が五日もカバー出来ないまま事態を放置することになるとは思えない。

絶対嘘だと恨みがましく下から睨み上げる恵に、清名は苦笑する。起きた問題は、また兄弟なのだそうだ。

「どこから話したらいいのか……兄貴――次兄と取っ組み合いの喧嘩をして、お前たち頭を冷やせって長兄にワインをかけられたんだ」

五日前、社にいるとき、突然次兄に拉致《らち》された。珈琲《コーヒー》に眠り薬を盛られたと言うのだ。

「………ええ？　拉致？　睡眠薬？　お兄さんに？」

「そのままうちのプライベートジェットに乗せられて、気が付いたらサロンノのホテルだった」

「でも拉致ってどうして？　なんでそんな無茶をする必要があったの？」

「次兄が、結婚式を挙げるから」

「でも、日程はまだ交渉中だって言ってたし、清名さんのおうちって、結婚式は新郎新婦の二人だけで挙げるって決まってるんでしょう？　どうして清名さんを無理やり連れて行ったの？」

「次兄に続いてすぐに俺の結婚式も挙げるって言うんだよ」

清名は苦々しそうに溜息を吐いた。

教会から挙式の許可を得るために、申請から数か月かかることもざらだ。しかし教会が所属する宗派の大司教に祝福という名の寄付が匿名で贈られたらしく、急遽挙式の許可が下りたのだ。

「つまりは賄賂《わいろ》だ。次兄にとって結婚なんて些末事《さまつじ》だ。さっさと終わらせたいらしくて金にものを言わせたんだ」

次兄の言い分はこうだ。まったくあの生臭坊主ども、挙式のための条件をあれほどうるさく言っておいて、金を積んだら即撤回だ。地獄の沙汰《さた》も金次第とはこのことだ。まあ面倒な交渉はすべてこの俺が済ませてやった、だからお前もこのタイミングで一緒に式を挙げておけ、俺の後の時間の枠を教会に言って押さえてある。花嫁ならこちらにいる長兄に頼んで候補を複数見繕ってもらっている。一定の条件はクリアしている女性ばかりだから、誰を選んでも同じだ、好きなのを選べ。これでお前も正式に一族の男と認められる。感謝しろ。

「……すごいお兄さんだね」

「俺達兄弟の中で、一番破天荒なのが次兄でね。創始者の曽祖父に考え方もやることもそっくりだって言われてる」

清名は肩を竦めた。

「感謝なんてするわけない。感情が伴わない結婚がいかに不幸を招くか、実の母を見ていてどうして分からないのか。で、反論したらいきなり胸倉をつかまれて大喧嘩だ」

その取っ組み合いでスーツの胸元に入っていた携帯電話をどこかにぶつけて壊した。おまけに長兄からは冷や水だと次兄ともども冷えたワインを頭からかけられてしまったのが致命的だった。中に入っていたデータ丸ごとやられてしまい、恵と連絡が取れなくなった。

「急遽新しいものを調達して、仕事関係はパソコンにデータがあったけど、プライベートは万一流出したら君に迷惑がかかる。あえてバックアップを取っていなかった」

それで五日間、恵と連絡が取れなくなったのだ。兄弟喧嘩で携帯電話を壊すなんて、あまりにも清名らしくなくて、逆にそれが本当の話だと納得出来た。

「ただ、連絡は取れなかったけど、君の様子は分かったよ」

「どうして？　俺と連絡取ってなかったのに？」

連絡は取れないのに、状況は分かったというのが解《げ》せない。

すると新調したという携帯電話が差し出される。その画面には、女子高生の制服姿の恵が柴谷にメイクを施されたり、スカートをひらめかせて階段を駆け上がる様子や、カメラを構えて立ち働く小坂や柴谷の姿が映し出されていた。

「これ、柴と、小坂のＳＮＳ？」

「君には内緒だけど、実は以前から何かと言えばチェックしてたんだ。君はＳＮＳをしていないけど、幸い仲良しの二人は頻繁に投稿してるからね。それを見てるとときどき君が映り込んでいて、リアルタイムで何をしてるかすぐに分かった。大学の学食でおやつを食べたり、中庭でみんなで昼寝をしたり――授業をサボってテーマパークに行ったり、河原でバーベキューをして小火を起こしたり」

「……変なところばっかり見てるね」

「いいや、君の普段の様子を内緒で見せてもらえて楽しかったよ。実はこれで知ったんだ。君が友達の動画作製を手伝って、恐ろしく可愛い恰好をすることになったって」

まだ腰のあたりにわだかまっているプリーツスカートを軽くめくる。制服を試着した前日の様子から、撮影風景まで、小坂は時系列で画像を投稿している。清名は新しい携帯電話で、その投稿を見ていたのだ。

こんな恰好を提案した小坂にも、恵に触れ、メイクを施した柴谷にも、恵を目にした男性たちにも、説明のし難い憤りと嫉妬《しっと》、そして激しい焦燥《しょうそう》を覚えたという。

「恋人の欲目じゃなく、君は本当に可愛いよ」

何の躊躇もなくそう言われて、恵は赤面してしまう。

「その上、こんなに分かりやすく可愛い恰好をして、無事でいられるはずがない。男の目を引いて、誘拐されてどこかに監禁されるんじゃないか、と気が気じゃなかったよ。それで次兄を今度こそ思い切り殴って一番早い飛行機に乗ったんだ。君を守らなきゃと思った。」

「……帰って来てくれたのは嬉しいけど、俺は大丈夫だよ。スカートはいてたって男なんだし、いざとなったら自分でどうにかするよ」

「でも柴谷君に襲われたんだろう?」

それは、そうだけど。でも、されたことにはものすごく腹が立つけれど、もしも柴谷が救いようがなく悪辣な人間だったら、恵は多分、あのとき逃げ出すことが出来なかったと思う。恵の親友は、自分の欲望のためだけに誰かを傷付けられるような人間じゃない。

けれど清名は恐ろしかったというのだ。女の子の衣装を着た恵が、大勢の男性の淫《みだ》らな視線に晒《さら》され、もしかしたらひどい乱暴を受けるかもしれない。愚かな妄想かも知れない、けれど清名の恋人はあまりにも無防備だ。そんな恋人の危機に、傍にいて守ってやれないことに絶望したたと。

それも、傍にいられないその理由が、清名家の馬鹿〳〵しい決まりごとのせいなんて。

「君は天国を見たがってるけど、俺は地獄が見えた。とうとう罰が当たった、これまでやって来たことのしっぺ返しが来たんだって。天国も地獄も信じたことがなかったのに。万一、君に何かあったら、今回ばかりは兄たちを許せなかったと思う」

横暴な兄たちへの怒り、無防備でいる恵を一刻も早く守らなければという焦り、恵に懸想するかも知れない男たちへの危機感。それが彼の五日間だったのだ。

清名が長々と溜息を吐く。本当に頭に来ているようだが、恵は何となく微笑《ほほえ》ましくもある。

「……お兄さんたちは、清名さんのことが大好きなんだね」

「え？」

「好きだから放っておけないんだよ。本当に清名さんのことが大事だから『面倒なこと』は先回りして片付けてあげるし、早く一族に正式に入って欲しかったんだよ。本当に嫌いだったら放っておくよ。嫌いな人の結婚なんて、どうだっていいって思うよ」

清名は驚いた表情で恵の顔を見ていた。

「……そんな風に考えたこと、なかったな」

「だから、お兄さんのこと怒らないで。俺はむしろラッキーだったかも。だって清名さんでも、あんな風に我を忘れて怒ったり慌てたりするんだって分かったんだもん」

愛なんて存在しないと、淡々とした口調で言うような人なのに。清名は上を見上げて、ほんのわずかの逡巡《しゅんじゅん》を見せた。

「そうだね。君が体を張って証明しなくても、もう分かった」

恵を真正面からその真摯《しんし》な眼差《まなざ》しで捉《とら》える。

「兄たちのおかげだと思うのは不本意だけど、この数日で嫌というほど体感出来た。俺の負けだ、君を愛してる」

その言葉がずっと欲しかったのに、目の前に差し出されると何故か現実味がない。不思議な響きの外国語を聞かされたようで、ぽかんとしてしまう。そんな恵の反応を予期していたのか、清名は大切な言葉をもう一度繰り返してくれた。

「愛してる、恵」

頬に、真っ白な羽根みたいに優しいキスが舞い降りた。

悪の組織に攫《さら》われたり、冤罪《えんざい》で捕まったり、記憶喪失になったわけじゃない。女子高生の恰好をした恵の安全がどうしようもなく心配で愛を自覚した、なんて全然ロマンチックなエピソードじゃない――結局お尻でイけなくて、彼に奇跡を見せてあげられてもいないのに。

でも、もういい。だってもう、こんなにも幸せだから。

涙を堪えて子供みたいに鼻を啜ると、
恵が一番好きな言葉を、彼がもう一度耳に囁きかけてくれた。愛してる、と。

「ほんと……？」

「ほんと」

「俺のこと、好き？」

「うん、好きだ」

「………あいしてる？」

「愛してる。お尻でイけなくてもね」

くすっと二人で笑って、もう一度キスをした。

唇を甘噛みされたので、仕返ししてやった。彼の唇は恵の涙で濡れていたからしょっぱいかと思ったけど、すごく甘かった。まるで彼が淹れてくれたホットミルクみたいに。

【11話　ところで彼のドルチェ・ヴィータ　～冬の始まり、その夜】

イタリアにカッサータというお菓子がある。

イタリアには甘いお菓子が多いが、カッサータは抜きん出ている。リコッタチーズと生クリーム、ドライフルーツを使ったイタリアで最も甘いとの話もあるアイスクリームケーキだ。あちらのレストランで供されて、ものは試しと食べてはみたが、元来甘いものが得意ではない清名は一口で根を上げてしまった。あれは恵でもさすがに悲鳴を上げるに違いない。

そんな話をしていると、こちらに凭《もた》れかかる体が重みを増した。見れば年下の恋人はいつの間にか眠ってしまっていた。朝から動画の撮影があって、何度も駅の階段を昇降し、終わったら仲のいい友達とトラブルを起こして、寒い中を心細い気持ちで街を彷徨《さまよ》った、と思ったら、今度は清名に「理不尽なおしおき」を受ける羽目になった。

見た目の割に気が強く、容易には泣いたりしない恋人の頬に涙の痕《あと》が残っているのを見て、どうしようもない罪悪感が起こった。散々だったという一日の最後に、とうとう泣かせてしまったのは清名だからだ。

自分を冷静な人間だと思っていた。過剰な感情に振り回されることなく、常に自分を律することが出来ると信じていた。恵が何も悪くないことも分かっていた。ただ自分の魅力に無頓着で、だからこそ煽情《せんじょう》的であることを理解していない。無防備なところは恋人の美点でもあるはずなのに、それが他の男の目に晒されたと思うと激しい焦燥に駆られた。

その激しさがただの独占欲でないことは、清名にはもう分かっている。

ただ愚かなほどのその激しさの由来を認めるのが怖くて、いっそ恵に逃げて欲しいような気がして——折った指で、恵の頬に触れる。本当に酷いことをしたと思う。

力ない体を横抱きにして寝室に連れて行く。起こさないようにそっとベッドに横たえた。

それから少し考えて、洗面台でホットタオルをいくつか作り、着替えにパジャマを用意した。

洗面器に湯を張って、一式を持って寝室に戻る。

ベッドサイドの照明を受け、蜂蜜色のまろやかな円の中で、恵はぐっすりと眠っていた。

運んで来た一式をベッドサイドに置いても目を覚ます様子はない。

「体を拭くよ。熱かったら言って」

「ん………」

恵は長いまつ毛を何度か震わせる。

「んー……、ね、むい………」

「俺がするから、君は眠っていていいよ」

いやいやするように何度かかぶりを振ったが、眠気に負けてことんと眠ってしまう。

プリーツスカートを足から抜き、薄いブラウスも、男物より遥《はる》かに小さいボタンを丁寧に外して脱がせる。熱さで驚かせないように、軽く閉じた手のひらから、ホットタオルを使って拭いていく。横腹から、体液がこびりついた鼠径部《そけい》、そして足を開かせ、シーツと小さな尻の間に手を滑り込ませる。

「……う、うん……」

指腹を引っかけるようにしてそこを押し開くと、恵は眉根《まゆね》を寄せ、無意識に足を閉じようとする。感じやすい体に余計な刺激を与えないように、無機質な手付きで中に放出したものを手当てする。きれいに拭き取り、新しいタオルでもう一度清めてからパジャマを手に取った。

こうして細々《こまごま》と世話を焼いていると、面倒を見ている側なのに何故か満ち足りた気持ちになる。恋人の安らかな眠りのためなら、どんなことでもしてやりたいと思う、この不思議な感情も愛というのだろうか？

愛を信じていなかったのは本当だ。幸福で何よりも大切なものだと言われるそれは、形もなく目にも見えない。ただの幻想だ。その幻想は寧《むし》ろ人を不幸にする。母がそうだった。

愛なんて信じていなければ、それが手に入らないからと心を病むこともきっとなかったはずなのに。

そのくせ、兄たちが言うように仕事だと割り切って愛のない結婚に踏み切れなかった。清名にとって愛は、触れたくも考えたくもない、寒い冬の日に不意に痛む傷跡のようなものだった。その痛みは誰とも共有出来ない。母の死を間近で見たのは清名だけだったから、兄たちとは通じ合えないところがあるのだと、思っていたのだ。

――お兄さんたちは、清名さんが大好きなんだね。

恵の言葉には正直、虚を衝《つ》かれた。

そうなのだろうか。もしかしたら、兄たちは兄たちで、たった一人で母の最後を見た清名に申し訳なさのようなものを感じているのかも知れない。そうだとしたら、結婚を急がせるのは、嫌がらせではなくて、清名の負担を軽くしてやろうという彼らなりの贖罪《しょくざい》だとも考えられる。

愛はもしかしたらずっと以前から清名の周囲に存在していたのかも知れない。ただ名前がなかっただけなのだ。

パジャマのボタンをすべて留めて、掛け布団を恵の顎《あご》の下までかけてやる。恵は羽根枕に頭を沈めて健やかな寝息を立てている。ベッドの縁に座り、その寝顔を眺めていると、我知らず笑みが浮かぶ。

清名のパジャマを着、清名のベッドで恋人が眠っている。それはこれ以上なく幸福な光景だった。

恵を愛しいと思う。同時にそれが今、堪らなく恐ろしいとも思う。この世は真綿で出来ているわけではない。悲劇はいつでも傍にあって、愛など知らなかった方が良かったといつか思うことが、怖くてならない。

その恐怖からどうにか逃げ出したくて、愛の存在から目を逸らし続けた。それを黙っていればいいものを、禁句を口にして恋人を悲しませた。恋人に、愛していないと言われたも同じで、恵はさぞ傷付いただろう。それなのに、愚かな清名を愛をもって許してくれたのだ。

「…………る」

眠っている恵が、不意に何か呟いた。

「……たべる」

「ん？」

「アイス、食べる、甘い……清名さんといっしょに……」

清名が話したカッサータのことらしい。会話にずいぶん時差があるが、眠っている本人は時間の経過とは無関係なのかも知れない。恋人の無邪気さに、清名は微笑を浮かべた。

「カッサータ。すごく甘いよ。君でもきっと悲鳴を上げる」

「……だったらコーヒー、淹れてあげる」

恵は長いまつ毛を上げ、ぼんやりと清名を見上げた。嬉しそうに微笑して、清名の膝のあたりに額を押し付ける。

「……にがいめの、コーヒー……俺が淹れて、甘いのと一緒にたべよ？　……コーヒーとアイス……、ふたりで、そうしたら……」

甘いお菓子と苦くて熱いコーヒー。甘い味と、苦い味。

食べられないと思うくらい甘いお菓子でも、苦く上手に淹れたコーヒーとなら美味しく食べられる。もしもやっぱり悲鳴を上げるくらい甘くても、楽しめばいい。二人一緒なら何だって美味しく食べられる。

恵の安らかな寝息がまた聞こえ始める。可愛らしい唇が微笑んだ形なのは、甘いお菓子を食べる夢を見ているからだろうか。その微笑みを味わってみたい気がしたが、清名はただその頬を撫でてやった。

光をくれる恋人が、幸福な夢を見続けていられるように。

【12話　だんだんずっと、甘くなる　〜そして幸せな冬の始まり　】

――あったかい。

春色の優しい夢から覚めてぼんやりと目を開く。清名の部屋の、清名のベッドの上。恵は彼の腕の中で眠っていた。

先に起きていた清名は、恵の寝顔を見ていたようだ。折った指の角で、頬を撫でられた。

「お腹《なか》は空いた？　朝食を作ろうか」

「んーん、まだ、いい」

「じゃあもう少し、こうさせて。君は体温が高いからくっついてると気持ちがいい」

腕の中に改めて収められて、つむじにキスされる。ほどなく清名の寝息が聞こえ、その心地よさに恵も目を閉じる。小一時間ほどそうして、互いにうとうと夢うつつでいた。

やがて二人して起き出して、朝食兼昼食《ブランチ》を摂る。グラスにトマトジュースを注ぎ、恵がコーヒーも用意してトーストを焼く。清名が卵を焼いてくれた。いて、冬の始まりの、温かい蜂蜜のような陽射しを楽しみながらゆっくりと会話を交わして食べた。

昼下がりからソファについて長い足を組み、タブレットで仕事をしている清名に凭れ、テレビの画面でゲームの配信やニュースをぼんやりと見ていた。小坂の編集はもう終わっていたらしく、二時間前に例の動画がアップされていたことに気付いたがそれは内緒だ。

動画の視聴者からのコメントももういくつか書き込みをされていて、たどっていくと柴谷からのものらしきコメントがあった。

『怖がらせてごめん。荷物もスマホもちゃんと預かってるから。あの人にお前を盗られて俺だけ置いてきぼりにされた気がした。土下座するからほんとに許して友達やめないで』

恵が携帯電話を置きっぱなしにしていることに気付いているのだろう。それでこんな形で連絡をしているようだ。

そうだった。確かに、柴谷とは中学校からずっと一緒で親友と言ってもいいくらいの仲だったのに、最近恵は清名とのことで頭がいっぱいだった。柴谷を蔑《ないがし》ろにしていたつもりはなかったけれど、逆の立場だったら、ちょっと寂しい気持ちになっていただろう。

……でもこのことは、後で考えよう。ちょっとくらい待たせても、罰は当たらないと思う。

小さく欠伸《あくび》をして、隣を見ると清名もこちらを見ていた。しばらく見詰め合って、ごく自然に唇を寄せ合う。後頭部を優しく手のひらで包み込まれて、キスをしながらゆっくりと、ソファの上に横たえられた。

「さっき、ベッドで襲いそうになったんだけど、昨日怖い思いをしてるし、……俺もさせたから躊躇《ちゅうちょ》した」

怯えさせてはいけないと気を使っていてくれたのだ。それなのに、自分も期待した、とは言い難くて、だから恵は彼にこう告げた。

「今、襲ったらいいと思う……」

清名が微笑する。彼の手のひらがするりとシャツの中に潜り込んで、右の乳首に触れた。恵は抵抗せず、赤くなった頬を彼の肩口に押し付けて甘えた。小さな尖りを指先で転がし、弄《もてあそ》ばれ、吐息が漏れる。

「ん………っ」

体の力が抜けていく。全部を安心して、彼の手に委《ゆだ》ねることが出来る。明るい場所でこんなことをして、恥ずかしいと思うけれど、今はただ清名の体温で満ち足りたい。手のひら、キスと、裸の胸にさらりと触れる清名の髪の感触。全部が好きだ。好きだ。この人が、大好き。

「あああ、ん………っ」

丹念に体の準備をされ、清名がゆっくりと中に押し入って来たとき、びくびくと体が痙攣して、彼を受け入れる歓喜が全身に満ち溢れた。彼が優しく尋ねてくれる。

「……気持ちいい？」

「うん、うん……っ」

快感を認めると、何故かそれがもっともっと濃密になる。喜びを清名に伝えたくて両足を彼の腰に絡める。気持ちいいからもっと深く欲しい、好き、と体で心で伝えた。それに応《こた》えるように清名の律動が速くなる。

「ん、ん……う、ん……きもちい、清名さん……」

「そう、可愛いな、恵」

目を合わせたまま、彼の動きを真似て拙《つたな》く腰を使った。

「今までも可愛かったけど、もっと可愛くなった」

一瞬律動が緩くなった。ぎりぎりまで引き抜かれて、敏感な粘膜をゆっくりと引きずられる悩ましい感覚に背中をのけ反らせると、一息置いてずしんと一番奥まで突き上げられた。

恵の嬌声《きょうせい》が上がる。

「だめ、ああっ！　だめ！　そんな、深いの……っ！」

一瞬、目の前でスパークが起きた。

ショックで体が痙攣しているのに、もう一度容赦なく深く突かれる。

「あっ！　あうっ！　ひ……！」

なんだろう、これ。お腹が熱い。彼が入っている、臍下《せいか》の一番奥。甘い痺れが起きて、繰り返し深く突き上げられる度《たび》に、それがいっそう熱く、大きくなるのを感じる。足の間では、性器がこれ以上なく固く充血して恵の体感を主張していたが、体の中で起きている感覚に恵はひどく混乱していた。

「恵？　痛いのか？」

「ちが……、ちが、う……っ、へん、へんなの、くる……」

はあ、はあ、と呼吸を荒げながら、必死に清名に訴えた。

これ、何？　どう言ったらいいのか分からない。

清名は少し驚いたようだ。間を置いて、そして微笑した。彼には、恵の体に起こりつつある事象の意味が分かっているようなのだ。初めての感覚に怯えて清名にしがみつく恵に、彼は優しく尋ねた。

「苦しくはないね？」

「うんっ、うん……」

恵の手を取り、震える指先にキスをしてくれた。

「中がものすごくうねって、いつも以上に俺に絡みついてる」

「ん、ん……わかっ、んな、い、へん、なんかへん、せいなさん……」

もう一度ゆっくりと穿たれ、体の深部に重くて甘い響きが起こった。それを何度も繰り返されて、脳天まで甘美な官能が貫いていく。

「ヘン……、清名さん、へん、だから、こわい……っ」

こわい、でも止めて欲しくない。

きらきらと、目の前を小さな光が爆《は》ぜては消える。きれい、でもこんな幻覚が見えるなんて――こんなの初めてだ。そして目の前が真っ白になる。

「ああっ！　ああ！　――――」

清名が息を詰め、恵を衝撃ごときつく抱き締めた。

自分の中の大きな波。温かくて、きれいな色の光を孕《はら》んだ大きな波が、恵の体をさらった。思い切り高くて遠い場所へすべてが押し流される。そうして、波はきらきらとした輝きを放ちながらゆっくりと退いていく。

恵の中の混乱や悩みを一緒に連れ去って、ただ純粋な幸福感だけが体に残った。

「恵……？」

「…………………」

思考まですべて洗い流されて、何も言葉が出て来ない。手足が完全に弛緩《しかん》している。

清名はただ恵を抱き締めて、汗ばんだ額や髪の生え際にたくさんキスをくれた。柔らかい感触は今一番欲しかったもので、恵はしばらくしてから突然泣き出してしまった。

泣きじゃくって、涙と嗚咽がようやく止まると、疲れ切ってしまって緩い眠気が訪れる。眠りに落ちながらときどきしゃくり上げると、彼はその度に背中にリズムをくれる。心臓の鼓動と同じリズムを感じながら、優しい夢の中に落ちた。

彼の部屋のベッドで目を覚まして、作ってもらったブランチを一緒に食べた。何気ない昼下がりだった。

幸せな時間で、以前失敗したおもちゃも使っていないし、無理な禁欲もしていない。いつものキスと、いつものハグ。自然な流れで彼の指で愛撫をもらった。特別なことは何も必要なくて、それに気づくまでの遠回りだったけど、辿《たど》り着いたここがきっと、恋の一番甘い場所。でもこれがマックスじゃなくて――

彼との関係はこれからもきっと、だんだんもっと、甘くなる。

終

Happy Birthday dear my sweet.

二十歳の誕生日、というのはきっと誰にとっても特別なものだと思う。だからこそ、それを大切な人に伝えることを、佐野恵《さのめぐむ》は躊躇していた。

それなのに七月初旬のある日、もうじき誕生日だねと清名《せいな》に言われて、恵はとても驚いた。

「……知ってたんだ」

「一応社長をしてるからね。スタッフの生年月日を調べるのは難しくない」

四回目のデートの帰り、車の中だった。その日は夕方に待ち合わせをし、食事をした後、深夜のドライブを楽しんだ。巨大な恐竜の骨のようなブリッジを渡り、夜光灯のオレンジ色の光の中を疾走するのは爽快《そうかい》だった。

「俺が気に入りのホテルのセミスイートが取れた。それから、デザートが美味《おい》しいレストランがあるから連れて行きたい」

滑《なめ》らかにハンドルを動かす清名の横顔を、恵は助手席から見ていた。

「君が好きそうな店で、食事が美味《うま》いのはもちろんだけどデザートを好きなだけ食べさせてくれる。一緒に厨房《ちゅうぼう》に入ってるシェフの奥さんがイタリアで修業した人で、パティシエを担当してるんだ。誕生日だって伝えてあるから、特別なケーキを焼いてもらうよ。……というプランなんだけど、誘っても大丈夫かな」

「そんなの贅沢《ぜいたく》すぎるよ」

毎回毎回、デートのときには身に余るほどの贅沢をさせて貰《もら》っている。これ以上、彼に甘えるのはとても気が引ける。だから、誕生日が近いと伝えるのに何となく躊躇《ためら》いを感じていたのだけれど、過ぎるほどの計画を清名が立ててくれていることを知って、恵はやはりとても嬉《うれ》しかった。

けれどそれでも、もう一つ気がかりなことがあった。

清名とはまだ、体の関係がない。

キスもデートも何度もしている。その度《たび》に、彼は恵に大好きだよと伝えてくれる。日に何度もメッセージを送るのは恵の方だが、清名はちゃんと短い返信やスタンプをくれる。それはちゃんと会話の流れに沿ったものだ。仕事で多忙な人が、急ぎの要件でもない恵のメッセージをちゃんと読み、反応を返してくれる。

自分は大切にされている。でも、恋人だと確信をもって言うためには、やっぱりもっと深い関係が欲しいと思う。遊び人の友人、柴谷《しばたに》などは出会って即、という相手もいたという。

「メグはいっつも強気なくせに何だって社長関係には弱腰なんだ。どうしても早くって思うなら自分から誘えばいいのに」

「自分から誘って上手《うま》く出来なかったら最悪じゃん」

「十も年上なんだから、あっちだってお前が経験ゼロってもう分かってるよ。どの道、初めてなんてカッコつけてる余裕ないって。いざそのときになってガキみたいにぎゃーぎゃー騒いでドン引かれないようにしろよ」

柴谷はそう言うけれど、セックスがしたいだけの相手に断られたとしてもきっと大して傷付かないが、恋の相手に拒否されたらただならない傷を負うと思うのだ。

それに、仕事で忙しい彼を一日独占することはとても難しい。一晩一緒にいたい、と希望を口にすることさえ憚《はばか》られるくらい、彼は多忙だ。

それでも誕生日は、年に一度思い切った我儘《わがまま》を許される日だと恵は思った。だから彼に尋ねてみる。

「……朝まで一緒にいてもいい？」

「今、俺から誘おうと思ったのに」

清名が笑みを見せる。車はやがて恵のアパートの前で停まった。

「いつも仕事で、なかなかゆっくり出来ないからその日だけは予定を開けてある。一緒にパンケーキの朝食を食べよう」

そう言いながら、後頭部に手のひらを添えられ、抱き寄せられる。

唇が触れた。ただ触れ合わせるだけのキスから、角度を変えて密着しながら、少しだけ唇を開くように促される。上唇を甘噛《あまが》みされ、引っ張る悪戯をされた後、とろりと舌が口腔《こうこう》に滑り込む。濡《ぬ》れた粘膜が擦《こす》れ合う感覚にぞくっと体が震える。それは甘美な感覚だった。

キスが、こんなに気持ち良くて甘いものだということも彼に教えられた。

このキスがもっと甘くなる夜が来る。緊張と興奮に胸が高鳴っていた。

アルバイトを終え、恵はカフェを出た。本当は二十時までのシフトだったのに、スマホを見ると日付が変わっている。

このカフェでは定期的に店内の什器《じゅうき》を消毒・清掃する。その日の営業が終わった後に二時間ほどかけて行うのだが、人手が必要になるので、作業が行われる日の最終シフトには多めにスタッフを入れるのが常だ。しかし店長が今日が作業日だと忘れてしまっていて、人手がどうしても足りない。このカフェでは恵はもうベテランだ。放っておくことは出来ず、最終シフトまで残って消毒と清掃の作業を手伝った。

北風に首を竦《すく》めながらメッセージをチェックする。夕方ごろに柴谷から届いていた一通に「緊急、すぐ連絡をよこせ」と見えたので、面倒とは思いながら通話をかけてみる。柴谷はすぐに応答した。

「おせーよお前。日付変わってるぞ」

「バイトだよ。緊急って何だった？」

「菅原《すがわら》先生のレポート課題出てるじゃん、『世界の大企業の歴史とマーケティング』。俺がアパレル関連でお前は飲食業当たってたろ」

「うん？　ああ、あれ」

「レポートの文書の体裁なんだけど、余白とかフォントとか、フォントサイズとか全部きっちり決められた通りじゃないと受理しないって。俺、今日一回突き返されて慌てて仕上げ直したんだ。今から体裁をメッセージで送るからきちっと整えてから出せよ」

「いいよ来週で。まだ時間あるし」

来年履修するゼミの考査資料ともなるレポートで、絶対に手が抜けない重要なものだ。必要な資料はもう集めてあるので誕生日が終わってから一気に仕上げようと思っていた。ぎりぎりになってしまうが仕方がない。今取り掛かっても気持ちが落ち着かないし、ろくなものが出来そうにない。しかし、柴谷の次の言葉を聞いて血の気が引いた。

「何言ってんのお前。提出期限、明日の午前中だぞ」

「えっ‼　まじで⁉　だって、締め切り来週末だったろ⁉」

「まじだよ。菅原先生に急な出張が入ったから二週間繰り上げだって学内メッセージ入ってただろ」

そうだったろうか。でも柴谷が言うならそうなのだろう。

こと女性関係についてはいい加減な友人だが、それ以外については几帳面《きちょうめん》で信頼してまず間違いがない。ということは、恵の見落としだろう。恵は真っ蒼になった。

「やばい。資料集めただけで目次も何も決めてない。菅原先生めっちゃ厳しいのに」

「ほんっとに手がかかるなお前は。手伝いに行くから待ってろ」

三十分の後には、恵のアパートはレポート作成で大わらわとなった。恵が本文を書き、柴谷がグラフの作成や画像の処理、出典の記載など細かいところを手伝ってくれる。

いったん下書きをプリントアウトしようとしたらインク切れでエラーが出た。大急ぎで二十四時間営業している大型量販店へと駆け込んで、レポートが入ったUSBと共に教務室に提出を済ませたのは期限ぎりぎり10分前だった。

「柴～、ほんとありがとと、助かったあ～！　昼ごはんおごる‼　何でも食べて‼」

「今日はいいよ。お前、夕方から社長と約束あるんだろ、部屋帰ってちょっと休めよ。クマ出来てるぞ」

レポートの作業の最中に、今日は清名と会うのだと話したことを思い出した。恵はちょっと赤くなる。

「ごめん……。俺、明日誕生日なんだよ」

「知ってる、おめでとう。だから手伝ったんだよ。あとスマホケース欲しがってただろ、用意してるから次会ったときに渡すわ」

さらっと横顔で言ってのける。こいつがモテるのはこういうところだろう。恵は側頭部を柴谷の肩に押し付けた。

「サンキュ。清名さんの次に好き」

「嬉しくねー」

やれやれの気持ちで教務室を出る。柴谷が欠伸《あくび》をしながら言った。

「社長は？　今日あっちは仕事だろ、何時頃から会うんだ？」

「うん、今日十九時に部屋に迎えに来てくれるって。その後レストランで食事して、サマーイルミネーションを見に行く。そのあとえーと、ホテルに入る」

「よくあるコースだけど、お前の彼氏は一個一個が最上級だもんなあ」

「よくあるコースかもだけど、俺は一回もしたことないもん」

そうじゃなくたって、ただ清名に会えるというだけで嬉しい。いつも忙しい彼を、一晩独占出来てしまうのだ。誕生日ってなんて素晴らしいんだろう。

レポートの作成で疲れてはいるが、今から数時間眠って回復だ。だんだん胸が浮き立つ。

「夜から雨らしいから気を付けろよ。雨のイルミも見ごたえあると思うけど」

「めぐ、しば、タスケテ――‼」

遠くから名前を呼ばれ、柴谷と恵は振り返った。同じ方向を見た周囲の女子学生たちがぎょっとした顔をするのは当然だった。パジャマにダウンコートを着た小坂《こさか》がこちらに走り寄って来る。動画配信サイトで人気を集めている彼は動画の編集にかかりきりで、滅多に大学には出て来ない。たまに来たかと思えばこんな恰好で恵は呆れ果ててしまう。

「どうしようメグ、柴、大変なことが」

「何だよもう、落ち着けよ」

「落ち着いてられるか‼　俺のマロンちゃんが……マロンちゃんがいなくなっちゃったんだよ――‼」

マロンちゃん、とは小坂の飼い猫だ。二週間ほど前、小坂は捨てられていた栗毛《くりげ》の子猫と恋に落ちた。自分のアパートに引き取り、彼女にマロンと名前を付け、文字通り猫可愛《かわい》がりに可愛がっている。

しかし今朝、小坂が急ぎの動画を編集していた際、大きな効果音に膝《ひざ》の上で眠っていたマロンが飛び起きた。折り悪く、そこに小坂の同居人が帰宅し、開いた扉から逃げて行ってしまったのだ。

「お前がそうやって動画の編集ばっかやってるから拗《す》ねて散歩に出てるんじゃないの？」

「動画編集してる間もずっと、マロンの居場所は俺の膝の上だ！　ひと時も忘れたりしない！」

熱く愛を叫び、男泣きに泣いている。柴谷が分かった、と頷《うなず》く。

「探そう。恵、お前はいいよ。予定最優先にしていったん帰れ」

「俺も探す。俺もマロンのファンだし、気になって帰れないって」

揉《も》めるより、とにかくマロンを探す方が先だ。恵はスマホを取り出し、学部内のＳＮＳにマロンの画像をつけてメッセージを飛ばす。「迷い猫、見かけたら二年佐野までＤＭください」。すぐに「いいね」ボタンがいくつか着いた。

小坂はアパートで待機させる。マロンが自分で帰って来たときに誰もいなければまたどこかに行ってしまうからだ。アパート周辺から、猫が行きそうな場所を柴谷と手分けして探した。途中、他の友人やSNSを見た学部生たちも手伝ってくれる。

清名には急いでメッセージを送った。どうしても手が離せない用事が出来てしまったので、待ち合わせに遅れてしまう。清名からは了解、何か問題があるなら助けるよ、と返事が来たが、詳細は後で説明することにした。マロンの件を説明したら清名まで巻き込んで迷惑をかけてしまう気がした。

日暮れが過ぎても状況が変わらず、それでもマロンは見付からない。会えるのが何時になるかどうしても分からない、とさらにメッセージを送る。

「了解。こちらのことは気にしないように。迎えに行くので、来られるようになったらメッセージをください」

端的な文面からは、清名の気持ちが読めない。すごく怒っているかもしれないし、せっかく準備してくれたデートの直前に何をしているのかと呆《あき》れているかもしれない。

でも、いつもは金の亡者、とからかわれても動画更新に取り組んでいる小坂が行方不明の飼い猫に意気消沈している様子はいかにも気の毒で、自分だけ楽しい予定に向かう気持ちにはどうしてもなれない。恵と柴谷は、いったん小坂のアパートへ集まる。

「まだチビだし、そんなに遠くに行ってるはずないんだけどな。誰かに保護されてるかもしれない。警察には？」

「交番にもあちこち電話したけど、届けられてないって」

「もうじき雨になる。その前に見つけてやらないと……」

子猫が冷たい雨に濡れ、小さな体を震わせている様子を思い浮かべたのか、マロン……と小坂が膝を折る。恵は懸命に小坂を励ました。

「大丈夫だよ、マロンは本当に可愛いから、見つけてくれた人が大事に保護してくれてるよ」

「可愛いからよけいに心配なんだ。あんな可愛い生き物いったん抱っこしたら、二度と離したくなくなる。俺がうっかりしたばっかりにこんなことになるなんて……」

「しっ」

人差し指を立て、柴谷がベランダに目を向ける。か細い鳴き声が二度、全員に聞こえた。ベランダの出入り口のスライド窓は細く開けられている。帰って来たマロンがいつでも入って来られるように、開けっ放しにしてあるのだ。

全員が慌ててベランダに駆け寄り、周囲を見回すと上部からもう一度鳴き声が聞こえる。屋上になっているという上階から、テニスボールのように小さいマロンの栗色の頭が覗《のぞ》いていた。必死にこちらを見下ろしている。小坂が手を振り回し、大声を上げた。

「マロン！　マロンちゃんっ‼」

「どうやってあんなところに上ったんだ。小坂、屋上には行けるのか？」

「屋上の鍵は大家さんか管理会社しか持ってない。マロンは多分、非常階段を潜り抜けて上ったんだと思う。人間は入れないはずだ、どうしよう、マロンちゃん」

名前を呼ばれて、マロンは前足で地面をかいている。小坂の元へ行きたいが、怖くて踏み出せないからだろう。

「マロン〜、マロンちゃ〜ん！　ほら、美味しいチュルルを持って来たよー、お気に入りのツナ味開けたから食べにおいで」

「あ！　駄目だ待て小坂！」

恵が大声を出して制したが、マロンは大好きなおやつを見付けてしまった。小坂の手元を覗き込むように一歩前に出たかと思うと、バランスを崩して頭からくるんと空に向かってでんぐり返しをしてしまう。

「あぁっ！」

小坂と恵の悲鳴が聞こえた。

腹を丸めて小さくなった子猫の体はまっすぐに地上のコンクリートの上へと落下する。

そこにマロンを見付けるなり部屋を飛び出していた柴谷が駆け付けた。マロンの体が彼の両手のひらに落ちる。柴谷がこちらを仰ぎ、大きな声で報告した。

「オッケー、マロンは無事だ！」

「ナイスキャッチ!!」

マロンが無事に小坂の腕の中に戻ったのを見届け、恵は大急ぎで自分のアパートに帰った。約束の時間はもう二時間過ぎている。清名からは先にホテルに入っていると連絡があった。迎えに行くよ、と言ってくれているが、勝手に予定を変更させておいて迎えに来て欲しいなどと言えるはずもない。自分で地下鉄を乗り継ぎ、皇居方面へと向かう。

清名が招待してくれたのは、学生の恵は名前しか知らないような最高級のホテルだ。道順がよく分からなくて、迷っているうちに雨に降られ、最上階に近いその部屋にようやく到着したときには、着ていた服がすっかりずぶ濡れになってしまっていた。

「迎えに行くって言ったのに」

恵の様子を見て、清名は眉《まゆ》を顰《ひそ》めた。急いで恵を室内へと導く。

「ううん、雨降ってたから」

「だからよけい車の方が良かっただろう」

清名の背中に導かれるまま、恵は必死で説明した。

「清名さん、ごめんなさい、ええとマーケティングのレポートと、それからマロンちゃんが――見付かったんだけど小坂が飼ってる猫で、部屋から飛び出して迷子になってて……」

「分かった、話の前に先にシャワーだ。部屋で待ち合わせにして却《かえ》って良かったな、誕生日前日に風邪をひくなよ」

シャワールームに追い立てられ、脱いだ服は回収されてホテルのランドリーサービスに預かって貰う。都内の超一流と呼ばれるホテルのセミスイートに感嘆の声を上げる間もなく、いきなりシャワーなんて。もちろんこのシャワールームだってすごい。多分、恵の自室よりずっと広い。

アンティークな形の蛇口をひねると、熱いお湯がたっぷりと降り注ぐ。マロンを探して走り回り、さらに雨にも降られて体が冷え切っていたことに気付く。お湯に浸《つ》かると、体の奥から柔らかくほぐれていくのが分かる。

そういえば、結局何時間眠っていないのだろう。

昨日の朝十時くらいに起きて、学校に行ってアルバイト先でイレギュラーな手伝いがあって、柴谷にレポートの締め切り変更を知らされて、手伝ってもらいながらレポートを作成、提出して、マロン失踪《しっそう》事件——それで雨の中、このホテルに辿《たど》り着いて。

いや、考えるのはよそう。どれだけ眠っていなくとも、今から眠れるわけがない。今日のイベントをどれくらい楽しみにしていたことか、自分でも恥ずかしくなるくらいだ。

とうとう、名実ともに清名の恋人になるのだ。二十歳になることより、そちらの方が大事件に思えた。

シャワーを終え、裸にバスローブを纏《まと》う。真っ白でふかふかで、首が埋もれてしまいそうだ。着慣れない衣装でおずおずとバスルームを出ると、清名は携帯電話で通話中だった。急ぎの仕事があるのだろう。所在なく突っ立っている恵に気付くとちょっとだけ待ってて、と微笑してソファに視線で促す。恵はソファに腰掛けた。何て座り心地のいいソファだろう、体重をすべて引き受けてくれて、二度と立ちたいと思えなくなる。

　ちょっとだけ休もう。誕生日まで、あと二時間――


　恵はぼんやりと目を開いた。

　知らない天井。よく見えないのに、気配だけで豪奢《ごうしゃ》だと分かる。室内は真っ暗で、間接照明が二重、三重に蜂蜜《はちみつ》色の輪を作っているのがすごくきれいだ――

「おはよう」

　大好きな声でのおはよう。朝に一番聞きたい声。濡れた髪をタオルで拭《ふ》きながら扉からバスローブ姿の清名が入って来る――朝、遅刻に気付いた瞬間、というのは血の気が引くものだがそのレベルではない。

　恵はがばっと体を起こした。信じ難い気持ちで傍《かたわ》らの時計を見る。

「く……九時半⁉」

　もちろん夜の、ではない。ショックのあまりこのまま失神してしまいそうだった。まだ夜中のように室内が暗いのは完全遮光の分厚いカーテンがぴったりと閉められているからだった。

初めてのお泊まりで、初めて一緒に過ごす夜で、……とても、とても楽しみにしていたのに、何も出来なかった。

「ごめんなさい……」

声が震えた。

「ごめんなさい、俺、こんなすごい部屋用意してもらって、予定全部決めてもらって、それなのに……」

半泣きになりながらつっかえつっかえ、恵は昨日何が起こったかを話した。

急にシフトが延長になったアルバイト、その後レポート作成、急いで提出してその後、小坂の飼い猫が迷子になって——しかし何が起こったかは問題ではない。結局、この部屋に辿り着いた恵は眠気に負けて一度も目を覚まさないままこんな時間まで寝入ってしまったのだ。

清名は文句も言わずにソファで寝込んだ恵をベッドに運んでくれたのだろう。彼が二十歳の誕生日のためにと準備してくれたすべてを恵は台無しにしてしまった。レストランでは特別なケーキを用意してくれている、と話していた。きっと方々に迷惑をかけてしまっただろう。

清名はベッドの縁に座ったまま、黙って話を聞いてくれていた。恵が話し終えると、ふう、と溜息《ためいき》を漏らす。

「清名さん、ごめんなさい……、全部台無しにしちゃって……」

「がっかりだよ」

恵はびくっと肩を揺らした。泣きたくなって、ごめんなさい、ともう一度謝ろうとしたら、優しい手のひらが頬《ほお》を包み込んだ。

「もしも君が、学校の課題や友達が大事にしてる子猫を放り出して俺のところに来るようだったら、……それでも少しも嫌いにはなれなかっただろうけど、きっと少しがっかりしたと思う。だから君の選択は何も間違ってない」

少し、苦笑して見せる。

「ただ、もしかしたら断りたいのに断れなくて、ここに来るのを迷ってるのかも知れないって思ってた」

「どういう意味？　何で俺が断るの？」

「俺は君のアルバイト先の上司で、十歳近くも年上で、君が怖気《おじけ》づくのは当然のことだ」

けれど今更約束をキャンセルしたいとも言えず、清名に会うのを遠ざけているのではないかと思ったと、清名は言った。

「そんなわけない。誘ってくれたとき、めちゃくちゃ嬉しかったのに。誕生日がこんなに待ち遠しいって思ったこと、初めてだったよ」

「それなら良かった。俺も同じ気持ちだったから」

隣から恵を優しく見下ろしている清名の顔を覗き込んだ。

「……清名さんも、楽しみにしててくれた？」

「当然だよ、君の誕生日だ。でもプレゼントを貰ったのは俺の方かもしれない。二十歳になった瞬間の君の寝顔を見ることが出来た」

膝の上へと招かれる。彼の腰を跨《また》ぐようにして向き合って座る。そうして唇を重ねた。その感触はただ優しく、だから恵は彼の言葉に何一つ嘘《うそ》がないことを信じることが出来た。

大好き。誕生日の予定が全部流れてしまったのは本当に身が竦むくらい申し訳ない。キャンセルすることになったレストランにも大変な迷惑だっただろう。けれど清名が許すと言ってくれた、そのことに、今は心の底から安堵《あんど》を覚えた。

「……せっかく清名さんとゆっくり出来ると思ってたのに。それにやっぱり、一晩一緒に過ごすってそういうことでしょ？　だからそれを、俺はすごく楽しみにしてて……」

「そういうことって？」

改めて尋ねられると、恥ずかしくてその一言が言えなくなり、恵は途端に狼狽《ろうばい》した。

「ええと、だから、二十歳の誕生日のデートだし、お泊まりだし、柴だって当然そういうことになるだろうから覚悟しとけって、でも俺は……、清名さんとしたかったから……」

「そうか、プレゼントを貰えるのは俺の方だったのか」

くすっと彼が笑ったので、からかわれていることに気付いた。

「ひどい！　絶対分かってたくせに！」

恵は猛抗議をした。清名はごめんごめんと笑ってキスで恵を宥《なだ》める。ちゅ、と唇が離れ、ところで、と彼は恵に言った。

「このホテルはうちの社と提携していて、管理部にも親しい知り合いがいる。セミスイートの予約状況を聞いたら、今日は宿泊の予定がないらしい。だからこのままもう一泊、滞在延長を頼んである」

意味が分からなくて、恵は清名の顔を見ていた。

「仕事の方も調整してみたけど、やっぱり昼下がりからどうしても出ないといけない。だけど君と誕生日を祝う時間は十分にある。もちろん君さえ良ければだけどね」

がっかりしたり慌てる必要はない。ちょっと予定が変わっただけだと清名は言った。

恵が呑気《のんき》に眠っている間に、速やかに後処理を済ませて目覚めるのをただ待っていてくれた。精神的な余裕と、経済力がある大人だけが出来る対応。

「忘れてた。まずはこれだ。二十歳の誕生日、おめでとう」

優しく、唇が触れる。二十歳になって初めてのキスは頭が痺《しび》れるように甘くて、誕生日のケーキをホール丸ごと食べたような幸福な気持ちになった。そしてキスの濃密さに、誕生日を迎えた自分は、このまま清名に食べられてしまうのだということが分かった。

口を少し開けて、と耳元で囁《ささや》かれた。

「ん」

舌を入れてもらうキスは小さなセックスみたいでどうしても恥ずかしかったけれど、今はすごく気持ち良い。濡れた粘膜の感覚は、恵の思考を容易《たやす》く溶かしていく。

「舌を出してご覧」

「ん……」

恵は素直に清名に従った。

「ん、ん……ん、ん……」

舌先をぺろりと舐《な》めて、軽く吸われる。そして甘噛みされる。ぴくん、と自分の背中が揺れたのが分かる。唇も、舌も気持ちいい。美味しそうに甘噛みされる度に、喉元《のどもと》から足の間まで細い電流が走っていくのが分かる。

「可愛いな、恵」

きゅっと胸が痛くなる。家族や友人たちも、恵のことを名前で呼ぶ。可愛い、とからかわれることもあって、ときどき腹が立つこともある。

でも、清名に名前を呼ばれて可愛いと言われると、胸が痛くなる。それが歓《よろこ》びであったとしても、強い感情が胸に溢《あふ》れて切ない痛みを感じる。

この人が好きだ。他の人たちと何が違うのか分からない。でも多分、空に近いあの場所で初めて会ったときから、彼はもう、恵の心の一部になってしまっている。

「ん、ん……」

鼻から息が抜けて、震える唇から甘い吐息が漏れる。

とろん、と唇と目元を緩ませていると、力のない体からごく自然にバスローブが奪われる。

素肌を密着させ、世界で誰よりも一番彼の近くにいるという幸福感を纏った。

唇の感触は少しずつ移動する。顎先や耳たぶ、頸《くび》、鎖骨。キスをされたところから、順に全部、彼のものになっていく。乳首にもそっと口付けられた。くすぐったいような不思議な感覚が生まれる。

「あっ……、ん」

自分の声とは思えないくらい、甘い声が漏れた。

恵はその声に自分でもものすごく驚いて、手のひらを唇に押し当てる。

「あ、あ……、……声、やだ……」

こんなの嫌だ、聞かれたくない。でも我慢出来ない。びくびくと全身が戦《おのの》き、切ない感覚が次から次へと足の間を駆け抜けていく。

「うん、すごく可愛いよ」

唇の滑らかな感触が鎖骨を滑り、肩口に触れる。今までは服で隠れていた場所。今は体のすべてを彼に晒《さら》している。

本当に今からセックスをするのだと実感して、一気に動悸《どうき》が速くなる。

「清名さん、俺、したこと、ない」

「うん？」

「全部、初めてで、迷惑かけたらごめんなさい。初めてだからってギャーギャー騒ぐとガキみたいだって呆れられるぞって柴に忠告された」

緊張のあまり、虚勢を張ることも出来ずに自分が未経験であることをわざわざ報告してしまった。清名がおかしそうに笑っているのに気づいて恵は恥ずかしくなった。彼はもう、そのことにとっくに気付いていたようなのだ。

「柴谷君には呆れるどころか、俺がものすごく喜んでたって報告するといい」

「や、あぁ…っ」

右の乳首を舌先で転がし、時に唇で挟み込んで鋭い刺激を与える。手のひらは横腹や腰骨を撫《な》で上げて、汗ばんだ足の間へと滑り込んだ。

恵は羞恥《しゅうち》に息を詰める。そこは初めての行為に無邪気に興奮して、すっかり固く屹立《きつりつ》している。清名がそこを手のひらで優しく押し包み、前後に扱《しご》き始める。

くちゅくちゅと、粘液が泡立つような音が聞こえ始めたから恵はいっそう恥ずかしくなる。音が立つほどたっぷりと、自分が体液を滴《したた》らせていることを知らしめられた。

「ん、ん、や、……っん、あ………」

一番下の肋骨《ろっこつ》、へそ、腰骨、とゆっくりと唇が滑り、意識がそこへ向かうと引き戻すみたいに性器への愛撫《あいぶ》が強くなる。散乱した意識が集約して、また拡散していく。体の全部で彼を感じる。恵の体には、恵自身が知らない快感のボタンがたくさんあるらしい。しかし今日、初めて性交を交わす恵に、清名は一番分かりやすい快感を与えた。

恵の性器を、清名はその形のいい唇に含んだ。

「やっ‼」

恵は驚いて首を持ち上げる。自分の股間《こかん》を見れば、そこに清名が顔を埋《うず》め、恵の性器に唇で愛撫を施していた。

先端の、一番敏感な丸み。擦り傷みたいに真っ赤になったそこの過敏な粘膜を、清名が唾液《だえき》を絡めた舌でたっぷりと舐め上げる。フェラチオ、という愛撫を、恵は生まれて初めて受けているのだ。

「待……っ、だ、め……」

伸ばした手は、彼の手で包み込まれ、指を絡ませるようにして繋《つな》がれる。きゅうっと、性器の先端が吸い上げられた。

「あ――――っ、あ――――……………」

喉の奥からびっくりするくらい高い声が漏れて、恵は背中を仰《の》け反らせる。

「……………や、……あぁっ……、せいなさん、………まって………！」

「大丈夫、このまま俺に任せて」

こんなにも淫《みだ》らな愛撫をしているときにすら彼の挙動は上品だ。彼の行為を拒絶することが間違っているような気さえして、でも恥ずかしくて、恵は震える指で彼の髪に触れた。

「……や、……っだ、あっ、あ――……」

柔らかく熱い唇での愛撫はあまりにも明瞭で、その細かな動きが脳裏に映像として浮かんできそうだ。ぴちゃぴちゃと舌が絡みついては唾液をまぶしていくその様子を想像して、恵はぎゅうっと目を閉じる。羞恥と罪悪感とは裏腹にその快感に溺《おぼ》れてしまう。

「やっ、イヤ、そこ、も……っ、なめ……たら、……や……」

腰を捩《よじ》ると、彼の口腔から小さな弾みをつけ、ぷるんと現れた。自分の元気さが恥ずかしくて涙が出そうだ。それなのに、何故か清名は嬉しそうだ。

「やだ……」

「君の体はどこも甘いから、もっとあちこちに触れさせて」

「んっ……、だって、清名さん甘いの、にがて……」

「今日だけは君より甘党になる」

そんな冗談を言いながら、シーツと尻《しり》の間を割り込むように彼の手が滑り込んだ。何度か双丘の弾力を揉みしだいて、するりと割れ目に指が忍んだ。汗ばんだその一番奥。きつく締まっている窄《すぼ》まりに指腹が押し当てられる。

「あっ……」

恵は目を見開き、腰を浮かせ、体を上へとずらす。清名は優しく、少し離れた恵の体を引き寄せる。怖くないよと所作で教えてくれる。

「あっ、あ……」

でも、どうしよう、どうしよう。

自分たちのセックスでは、そこを使うのだともちろん知っていたし、正直、何度となく頭の中でシミュレーションしてみたりもした。普段の生活では、誰もがそんな器官は存在しないかのように振る舞う。でもセックスのときには、見られたり、触れたりする。どんな顔をしていればいいのだろう？　手の位置は？　足はどれくらい開けばいい？

心の準備はしていたつもりだったのに、リアルは妄想とはまったく違う。温度と、湿度をダイレクトに感じる。体温と、色んな体液。羞恥と緊張と、少しの恐怖に体が強張《こわば》った。

怯《おび》える恵を怖がらせないよう、清名は慎重にそこを解きほぐしていく。細かによった襞《ひだ》を押し広げるようにして丸く撫でられ、指の感触を窄まりに教え込ませながら、何か容器のキャップを開ける音が聞こえた。

「……………く、ん……っ」

あとで聞けば、潤滑液代わりに使ったアメニティのボディクリームで、一瞬ローズの香りがした。それは清名の指を濡らし、恵の窄まりへと移される。少し冷たく感じられたが、とろりとしたぬめりをもって、清名の指は隘路《あいろ》をかき分けるように侵入する。

「んんんっ」

彼の指の固さも、長さもはっきりと分かるくらいにそこはきつく窄まっていて、息が詰まる。

「少しつらいかな。呼吸をゆっくり続けて」

「……ん…………っ」

浅い場所に埋まった清名の指が、前後に動き始めた。まだ固い粘膜を引き摺《ず》り出され、また押し戻される不自然な感覚に、呼吸が上手《うま》く出来なくなる。

「う、う、んんん…………」

むずがるような呻《うめ》き声が嚙み締めた唇から零《こぼ》れる。恵はシーツを鷲摑《わしづか》んで身を捩《よじ》った。つらいけど、痛いわけじゃないし、堪えられる。でも上手く力が抜けない。清名を待たせたくない。がっかりされたくない。でも苦しい。

息苦しさと焦りにふるふると体を震わせていると、清名は太腿《ふともも》の付け根に口付けて、フェラチオを再開した。

「……………──ああぁあ……っ」

一気に体が熱を上げる。クリームに二人の体温が移って温《ぬく》まり、どんどん滑りが良くなる。性器への官能が、指を受け入れている隘路を緩めているようだ。

「そう、上手だ」

ちゅう、と音を立てて吸って、そうしてまた口の中に深々と含む。全体を飲み込むみたいに吸い上げられて、堪《たま》らなく恥ずかしいのに、彼の唇の感触がもっと欲しいみたいに腰が浮いてしまう。

「あっ、んん、清名さん、あ…………あ、んっ…」

性器は気持ちが良くて、窄まりはまだ少し苦しい。どっちつかずの感覚に翻弄《ほんろう》される。けれど、清名の指はとうとう恵の官能の凝《しこ》りを探り当てた。

「……ひ……っ、あ――――………！」

高い声を上げ、恵は体を大きくしならせた。

清名の指の腹が、その部分を、撫で上げ、丸くなぞる。そうすると、体の最奥に突然火を灯《とも》されたような、内側から焙《あぶ》られるような悩ましい感覚が生まれる。それは隘路を開かれる圧迫感を凌駕《りょうが》する――――経験のない種類の快感だった。

「あ、あ、それ、へん………、せいなさ、それ、イヤ、へん………っ」

「うん？　変？　どうしようか、やめておこうか？」

優しく尋ねられ、恵は慌ててかぶりを振る。彼の目を見詰め、必死で哀願した。

「や、ダメ……、やめない……、やめないで……っ」

「どうして？　初めから無理をしない方がいいよ」

また、二度ばかりぬるり、ぬるり、とまた内部を撫で上げられる。

「やだ、やだぁ……、あぁ……っ」

やめたらイヤ、と必死でせがんだ。

「きもち、い、い………っ、そこ、きもちい、から、やめないで……」

恥ずかしさを堪え、ちゃんと告白すると、ご褒美のように性器をまた深々と咥《くわ》え込まれる。内側の凝りを刺激する同じ律動で、淫らな愛撫を与えられた。

「あん、……ああっ……、ん、あぁ……っ」

フェラチオとともに間断なく与えられる快感に恵は甘い声を上げ続け、それにとうとう嗚《お》咽《えつ》が混じる。絶頂が近かった。

「……や、だ……、も、で、る……っ、でる、から」

ちゅぱ、と音がして、吸い上げから解放される。熱い吐息が濡れた粘膜をくすぐり、長い部分はゆるゆると手のひらで擦り上げられている。

「いいよ。このままおいで」

「あ、あう」

もう一度咥えなおされ、放出を促すように激しく上下されながら先端を吸引される。熱波が次から次に下肢《かし》を襲い、内腿ががくがくと震えてとうとう絶頂が訪れた。

「……ん、ああっ、あぁっ……――」

ずっと昂《たかぶ》って体の中で大暴れしていた熱が清名の口腔に迸《ほとばし》る。

性器の中心を貫く灼熱《しゃくねつ》の感覚があまりにも気持ち良くて、恵は声にならない悲鳴を上げる。放出を終えると、緊張し切っていた体が一気に弛緩《しかん》して、それからどっと汗が噴き出した。人に、それも唇で促されて射精することがこんなに気持ちいいなんて。解放感に陶然としてしまい、清名の口腔に放ったものが、飲まれてしまっていたことにすら気付かなかった。

絶頂の余韻に体中を弛緩させ、とろんと天井を眺める。外の世界では、慌ただしく朝の支度が進められている時間帯だが、この室内はまるで異なる空気で満たされている。気怠《けだる》くて、心も体も蕩《とろ》けそうな、蜂蜜みたいな真夜中の空気だ。そのことが不思議で、そもそもどうしてここにいるのだったか、何だかもう何もかも曖昧になってしまう。

恵、と耳元で名前を呼ばれる。

彼が恵を見下ろしていた。こくん、と喉の奥が鳴って、心臓が早鐘を打つ。まだ終わりではない。次は、彼の番だ。恵が、彼を喜ばせるのだ。

「あ…………」

額《ひたい》にキスをされて、それが挿入の合図だった。

会陰《えいん》の辺りを指で引き上げられ、広げられた窄まりに、清名の欲望が何度か擦り付けられる。潤滑液を互いに塗り広げられている。それから角度を定め、押し入って来た。

「…………ああ、あ」

引き攣《つ》った声が喉の奥から押し出される。さっきクリームを使って丹念に解《ほぐ》され、快感を覚え始めたとはいえ、まだ無知なその場所は圧倒的な重量に苦し気に喘《あえ》いでいる。

「う、うー……」

「指のときと同じ要領だ。力を抜こうとするんじゃなくて、息を吐くことに集中して」

「うん、う、ん……ううー、うぅ――……」

何とも色気のない呻き声を上げて、苦痛をやり過ごす。下から内臓を押し上げられているみたいだ。どうやっても上手に力が抜けない恵の耳元に、あやすようなキスが何度も落ちる。

清名は注意深く恵を観察し、恵の呼吸が調うまで、挿入を進めることをいったん留めてくれている。余裕のある彼と比べて、恵の方は顔を真っ赤にして汗をびっしょりかき、まるで何かの修業か難しいスポーツに挑んでるみたいだ。

「うー、ん、うー……」

想像と全然違う。初体験って、もっとロマンティックなものだと思っていたのに。引っくり返ったかえるみたいだし、苦しくて汗まみれだし、こんなに滑稽《こっけい》な様子を清名に見られているなんて。

またぐっと押し入って来て、とうとう情けない泣き声が涙と共に零れてしまう。

「ひ、ひーん」

「恵？　無理しないでおこう、今日は――」

清名は苦笑交じりに恵に告げた。誕生日の今日に、わざわざ痛い思いをする必要はない。徐々に慣れていけばいいことだ。けれど恵は嫌だとかぶりを振った。

「やだ、このまま……したい。我慢するから、やめないで……」

「我慢してまですることじゃないよ。時間がかかることなんだ、ゆっくりでいいんだよ」

彼が繰り返し中止を促しているのは、優しさが理由だと恵はちゃんと理解していた。

誕生日の夜を駄目にしてしまった罪悪感から、苦痛ばかりのセックスを拒めず耐えているのではないか。彼はそんな風に考えてくれているのだ。

体はまだ、結ばれていないのだけれど、彼の全部が恵に伝わっていた。

「やめたくない。ほんとに、ほんとに……た、たのしみにしてたから……、清名さんと、ずっとしたかった」

だからありったけの気持ちを込めて、恵は懸命に清名にしがみつく。二十歳になったたって、年齢差は埋まらない。立場だって違う。だから二人で一緒にこの経験を通過して、彼の特別な存在になりたい。

清名はしばらく黙って恵の髪に顎を埋めていたが、やがて彼も強く恵を抱き締めてくれた。

「ごめん、やっぱり俺もやめられそうにない」

恵は安堵した。そう言って欲しかった。やがて交合が再開される。恵は必死にキスをねだった。くぐもった悲鳴をキスで散らしてもらうためだ。

「ん、っん、ふ、……く、ん……っ」

清名が腰を進め、抉《えぐ》られる度に、同じリズムで自分の足が揺れているのが見えた。何度も何度も、熱くて固いそれが、恵の中を突き上げて来る。恵を満たして去り、去ってはまた恵の中を満たす、力強い波みたいだ。

「ん…っ」

不意に、腹の奥に、何か際どい感覚が生まれた。

「あっ、ん……、あん、や……、あ……っ」

声が少し甘くなったのが自分でも分かる。恵の中で、知らない感覚が湧き起こっていた。それはまだ捕まえるのが難しい感覚だった。くすぐったいみたいな、痒《かゆ》いみたいな。追おうとすると曖昧《あいまい》になるけれど、諦《あきら》めるとまた確かになって、会陰の辺りをくすぐる。

「清名さん……」

はあ、はあ、と呼吸を忙しなく喘《あえ》がせ、恵は清名の瞳《ひとみ》を覗き込んだ。

「好き、清名さん、すき、大好き……」

涙が溜《た》まった目で彼を見上げ、うわ言のように好き、と繰り返す。

「あっん……、や……っ、ああ……、あぁ……」

自分から首をもたげて、清名にしがみついた。

幸福感が胸に溢れて、瞬間、恵を強く抱き締める彼の灼熱の衝動が腹の奥で弾《はじ》けた。力が抜けるような感覚が起きて指先まで波紋のように甘い痺れが広がっていく。

荒い息がすぐ耳元で聞こえて、彼の遂情が済んだのだと分かった。

震える手を伸ばしてそっと彼の背中に触れると、その体は熱く、汗でびっしょりと濡れていて、情熱の強さが知れる。

恵は一度しゃくり上げ、清名に尋ねる。

「……せいなさん、きもちよかった……？」

彼は小さく微笑み、答えは額へのキスだった。

心からほっとする。そしてたまらなく嬉しかった。一生懸命作ったお菓子を、彼が食べてくれて、美味しいと言ってくれた。その幸福感ときっと似ている。

誕生日に、与えて貰えるより、与えることの方が嬉しいなんて、ちょっと変かも知れないけれど。

声をかけられたときには室内は明るかった。カーテンが開けられ、窓の外には午前の清潔な光が射していた。こんなに爽《さわ》やかな午前中に初めてのセックスを体験したことに、罪悪感と、ものすごく特別なことをしたという気持ちを強く感じる。

清名はシャワーを済ませて出社の支度をしていた。事後の余韻をまるで感じさせない端正な所作だ。シャツの手首のボタンを嵌《は》め、恵が起きたことに気付いた。

こちらに近付き、羽根枕に埋もれている恵にキスをくれる。

「気分は？」

「まだ頭が、ぼうっとしてる……清名さんはすごいね」

「社会人も十年近くやってると、どうしても切り替えが上手くなるね。それに君は昨日はドタバタで疲れてるだろう」

明るい日の光の中で微笑している。彼は何てきれいなんだろう。

この人の前で裸になって、泣いて、それどころか自分でもまともに見たことがない場所にしてしまうと思う。

――などと考えると、叫んで転がり回りたいような気がする。一人になったらきっとそう
「もうじきパンケーキが届くよ。生クリームとフルーツは多めで頼んでおいた。俺はもう出ないといけないから一緒に食べられないのは申し訳ないけど」

恵の中で起こっている感情の小さな嵐に気付いているのだろう。だからあえて、いつもと何も変わらずに振る舞ってくれている。

「誕生日ケーキは後日になるけど、また食べに行こう。改めて、誕生日おめでとう」

それから清名に手渡されたのはリボンをかけられた小さな包みだ。ベッドの縁に座った彼

に開けてごらんと促されて、おずおずと従う。現れたのは、麗々しいケースに収められた腕時計だ。恵でも知っているスイスの高級メーカーのものだった。

「駄目だよ、もらえないよ、こんな高いもの」

「実は、俺が社会人になり立てのときに使ってたものを仕立て直したんだ。今は立場もあるからもう少し重いものを愛用してるけど、こっちも使ってやらないと無駄に時間を刻ませるのは可哀想《かわいそう》だ。君が使ってくれると助かる」

そう言って恵の腕に付けてくれる。もともとの愛用品というだけあって扱いに慣れていて、彼がこの時計を大切にしていたことが感じられた。

「ありがとう、嬉しい。……大切にする」

「そうしてくれると俺も嬉しい。じゃあ行くよ、迎えが来た。君はパンケーキを食べてもうひと眠りしておいで」

また連絡する。そう言ってもう一つプレゼントをくれる。優しいキスだ。

甘い感触を残して彼は部屋を出て行った。

トラブル続きの二十歳の誕生日はこうして幕を閉じた。恵は広い部屋に一人残されて、けれど寂しいとは思わないようにしようと決める。手首に着けてもらった腕時計は彼と同じ時間を刻む。

甘い時間も、苦い時間も、ずっと一緒にいる。

それは美味しいパイみたいに幾層にも重なって、きっとそうやって、甘くて美味しくて、幸せな恋を作っていくのだ。

終

あとがき

初めましてまたはこんにちは、雪代鞠絵です。

この度は、本作『だんだんもっと、甘くなる』をお手に取っていただき本当に、本当にありがとうございます。数年ぶりの完全新刊で、本作が書店に並んでいる光景を思い浮かべるだけでもうドキドキです。多分デビューしたときより緊張しています。

こちらの『だんだんもっと～』を書いたのは、世界的な感染症が蔓延していた頃になります。世間様の空気も、流れるニュースも、自分の気持ちも何だか灰色な感じでした。

なので、何か明るくてハッピーなものを自分で作り出したい！　という気持ちがあったのだと思います。その頃はBL小説を書くことからずいぶん離れていたのですが、短いお話なら書けるんじゃないかなと思い、書き始めたのがこの『だんだんもっと、甘くなる』でした。七話にあるエピソードから書き始めて、少しずつ十二話分が完成しました。

主人公の恵は私が書く受にしては幸せで前向きな大学生で、愛情に触れて育ったからこそ、「愛なんて存在しない」などと言われたら激しく動揺して傷付いてしまうというキャラクターです。前向き過ぎて「なぜそんなことに…」という失敗をしてしまう恵を助けてくれる攻が清名社長。恵まれていて何でも持っているのに、愛なんて存在しない、だから愛になんて最初から期待しない方が幸せだと考えています。

恋人の恵の前でそれを言ってしまうくらいに愛を顧みないのですが、もしかしたら無意識に愛を信じてみたいという、彼なりのSOSだったのかも知れないな？　と思ったりもします。

愛を信じない清名と、体を張って愛を信じさせようとする恵に絡んでくる友人の柴谷もモテすぎ・愛が供給過多なせいで、いつの間にか愛の価値がデフレを起こしている困ったくん。ずっと親友だった恵が自分から離れていくのかな、とちょっと心配してこちらも暴走。そして今回何故か気に入ってしまったのが、動画作りに命を懸けるY○uTuberの小坂！　金の亡者ですが、割と可愛い顔をしている受タイプのような気がしています。でも人間より猫への愛の方が深そうかも……。

主人公の恵が頑張ることで進んでいく流れになっておりますこのお話ですが、気に入っているエピソードがたくさんあって、じっとしていられない恵が次々に引き起こすロリポップ事件や禁欲失敗事件の他に、学園祭の後に恵が清名を見送る場面が地味だけどお気に入りです。大好きなお菓子をたくさん書けたのも楽しかったです。常時ダイエット中なので、甘いものに飢えているからせめて妄想の中だけでもお菓子に関わっていたくて…涙。

また、作中に登場する「ニナマリー」という名前の薬草が創作であったり、アマレッティ発祥に関わるイタリアの都市名には諸説あったりなどします。フィクションがそこここに入り交じっておりますので、その点だけどうぞご留意下さいね（お辞儀）。

などなど、このお話を書いて、出版のための準備をしている間に世界は元通りになりつつありますが、私はすっかりBL小説を書く楽しさを思い出してしまいました。自分が見たきれいなもの、醜いもの、強烈なもの、あらゆる事象を小説の形でアウトプットしてそれを誰かに見ていただけたら幸せなことだと思います。

現在、昼間は現場とオフィスを行き来する職業婦人をしていたり、BL小説を書くことをリスタートして色々勉強中です。創作活動に右往左往してみたり、ジムトレーニングとおやつとチワワ、大好きな化粧品とおしゃれのことなど、日常をTwitterで呟いています。『雪代鞠絵』でご検索いただくと私・雪代のアカウントが出て参りますので、ご閲覧&フォローなど、よろしければぜひぜひお願いいたします。

あとがきを書くのも久しぶりでとても楽しかったですが、ページもそろそろ終わりのようです。この本のイラストを担当して下さったサマミヤアカザ先生、お話に登場するお菓子を全部凝縮したみたいに甘くて可愛いイラストを本当にありがとうございます。表紙の恵の萌え袖が萌です！　そして出版を担当して下さった編集部のF様、いつもお世話になっています。隙あらば営業してすいません。

そしてこの本を読んで下さった読者の皆様に心からの感謝を捧げます。世の中の状況、自分の筆力のこと、本当にいろいろと悩みながら書き上げました。お手紙などでご感想をいただけますと嬉しいです。少しお時間はいただきますが、可及的迅速にちょっとした小冊子かペーパーの形でお返事をお届けさせていただこうと思っています。

それではまたいつかお会い出来ますように。

雪代鞠絵

✦初出　だんだんもっと、甘くなる……………………書き下ろし
Happy Birthday dear my sweet.…………書き下ろし

雪代鞠絵先生、サマミヤアカザ先生へのお便り、本作品に関するご意見、ご感想などは
〒151-0051 東京都渋谷区千駄ヶ谷 4-9-7
幻冬舎コミックス　ルチル文庫「だんだんもっと、甘くなる」係まで。

幻冬舎ルチル文庫

だんだんもっと、甘くなる

2023年5月20日　第1刷発行

✦著者	雪代 鞠絵　ゆきしろ まりえ
✦発行人	石原正康
✦発行元	株式会社 幻冬舎コミックス 〒151-0051 東京都渋谷区千駄ヶ谷 4-9-7 電話 03(5411)6431［編集］
✦発売元	株式会社 幻冬舎 〒151-0051 東京都渋谷区千駄ヶ谷 4-9-7 電話 03(5411)6222［営業］ 振替 00120-8-767643
✦印刷・製本所	中央精版印刷株式会社

✦検印廃止

ISBN978-4-344-85234-1　C0193　Printed in Japan